KAMPENWAND
VERLAG

ISBN: 978-3986600754

© 2022 Kampenwand Verlag
Raiffeisenstr. 4 · D-83377 Vachendorf
www.kampenwand-verlag.de

Versand & Vertrieb durch Nova MD GmbH
www.novamd.de · bestellung@novamd.de · +49 (0) 861 166 17 27

Text: Malu Mertins
Bildnachweis: ©Zolotareva Yuliya/shutterstock
©Jurjen Veerman/shutterstock
Satz: Buch-Werkstatt GmbH, Bad Aibling
Druck: CUSTOM PRINTING
Wał Miedzeszynski 217, 04-987 Warszawa, Polen

MALU MERTINS

Watt-geküsst

Band 1 der humorvollen Liebesroman-reihe

SYLT-ROMAN

#ammeeristallesbesser

Kapitel 1

Bei Ihnen fehlt eigentlich nur noch ein Tinnitus.«

»Bitte?«

»Tinnitus«, wiederholte meine Hausärztin und machte mit beiden Händen eine kreisende Bewegung um ihre Ohren. »Sie wissen schon, ein permanentes Ohrgeräusch, ein Pfeifen oder Piepen auf dem Ohr.«

»Aber ich habe doch gar kein ständiges Ohrgeräusch.« Verwirrt blickte ich zu Frau Dr. Häuser.

»Genau. Das ist sozusagen das einzige, das bei Ihnen noch fehlt.«

»Fehlt? Wozu?« Ich schien eine wichtige Information verpasst zu haben. Oder hatte ich mir bei dem Zwischenfall heute früh womöglich den Kopf gestoßen und es nicht bemerkt?

Meine Ärztin ahnte wohl, dass ich ihr nicht ganz folgen konnte, denn sie stand langsam auf, kam um den mächtigen, dunklen Schreibtisch in ihrem Sprechzimmer herum und nahm neben mir in einem der beiden Ledersessel Platz. Sie legte ihre Hand auf meinen Arm und sah mich mit einem sanften Lächeln an. »Egal, wie oft man das in Filmen sehen mag, Frauen werden nicht einfach so ohnmächtig. Sie sind Anfang dreißig, ohne chronische Krankheiten, laut eigener Aussage nicht schwanger.« Ihre grauen Augen musterten mich. »Und obwohl sie zwei, drei Kilo mehr auf der Waage vertragen könnten, sind Sie sicherlich nicht untergewichtig. Das EKG, das wir gerade gemacht haben, weist ebenfalls keine Auffälligkeiten auf.«

Erleichtert atmete ich aus. Das klang doch gut. Nur was das alles mit einem nicht vorhandenen Tinnitus zu tun haben sollte, hatte ich immer noch nicht verstanden.

Frau Dr. Häuser ging zurück zu ihrem Platz hinter dem Schreibtisch und sah mich über ihre Lesebrille hinweg streng an, bevor sie sich den Daten auf ihrem Bildschirm zuwandte. »Was ich jedoch von Ihrem Blutdruck und von Ihrem Ruhepuls nicht behaupten kann. Ich würde sogar sagen, dass man bei Ihnen gar nicht mehr von Ruhepuls sprechen kann, bei dem Tempo, mit dem Ihr Herz da unterwegs ist.« Sie sah von ihrem Bildschirm wieder zu mir. »Und das«, ihr Blick wurde noch ernster, »kombiniert mit Ihrer kurzen Bewusstlosigkeit heute Morgen, sind klassische Anzeichen für einen beginnenden Burnout.«

»Burnout?«, wiederholte ich ungläubig. Ich hatte meine kleine Showeinlage in der Frankfurter U-Bahn vor wenigen Stunden auf den Schreckmoment des Anrufs kurz vorher und meine unfreiwillige Sporteinheit auf leeren Magen zurückgeführt. Wie ferngesteuert hatte ich mich nach dem Telefonat auf den Weg zur U-Bahnstation gemacht, wo ich nur dank eines Sprints die Bahn gerade noch erwischte. Kaum hatten sich die Türen geschlossen, war mir auch schon schwarz vor Augen geworden. Zum

Glück war ich nur kurz weggetreten gewesen und in den starken Armen eines durch seinen Bierbauch gut gepolsterten Bauarbeiters zu mir gekommen.

Ich saß jetzt nur deshalb überhaupt hier, weil auch eine der Assistentinnen aus meiner Abteilung den Vorfall beobachtet hatte und kurz davor war, einen Krankenwagen zu rufen. Erst nach etlichen Minuten hatte ich sie davon überzeugen können, dass es mir wieder gut ging und ich selbstverständlich noch am Vormittag meine Hausärztin aufsuchen würde, um abzuklären, dass wirklich alles okay war.

»Haben Sie momentan viel Stress? Beruflich? Privat?«, riss meine Ärztin mich aus meinen Erinnerungen an die erste Ohnmacht meines Lebens.

Stress? Mal sehen. Allein die letzten fünf Wochen hatte ich auf sechs verschiedenen Messen in ebenso vielen Ländern verbracht. Koffein war mein ständiger Begleiter. Manchmal wachte ich in einem Hotel auf und wusste nicht auf Anhieb, in welcher Stadt ich mich gerade befand. Wenn ich unterwegs war, konnte ich froh sein, Zeit für einen schnellen Snack zu finden – von einer ausgewogenen Mahlzeit ganz zu schweigen. Durch die vielen Ortswechsel bekam ich selten mehr als sechs Stunden Schlaf. Achtundneunzig Prozent meines Wachzustands verbrachte ich mit Arbeit. In den restlichen zwei Prozent versuchte ich Zeit für einige WhatsApp-Nachrichten mit meiner besten Freundin zu finden, einen Anruf bei meiner Mutter hineinzuquetschen und mit dem Mann in meinem Leben Sprachnachrichten-Pingpong zu spielen. Mit dem Mann, mit dem ich seit fast einem Jahr eine Beziehung führte. Der Mann, dessen Ehefrau mich heute früh angerufen hatte.

Als mein Handy kurz vor acht Uhr geklingelt hatte, war ich bereits viel zu spät dran und gerade dabei, hektisch den Firmenlaptop in meine große Handtasche zu packen. Ohne auf die Anzeige am Display zu achten, nahm ich den Anruf per Lautsprecherfunktion an.

»Louisa Feldmann«, meldete ich mich, steckte mein Notizbuch ebenfalls in meine Tasche und fing an, in der Obstschale auf meiner Kücheninsel nach meinem Haustürschlüssel zu suchen. Einen Moment lang war es still, dann hörte ich sehr leise eine Frauenstimme.

»Der Mann, mit dem Sie zusammen sind, ist verheiratet.«

Meine Hand, die eben noch meinem Haustürschlüssel gegriffen hatte, hielt auf dem Weg zu meiner Tasche inne. »Was …?«, stammelte ich, sicher, mich verhört zu haben. »Verheiratet? Wie …? Woher wissen Sie das?«

Wieder was es kurz still.

»Ich bin seine Frau.«

Mein Haustürschlüssel fiel klirrend zu Boden. Ich schnappte mir mein Handy vom Küchentisch. Das konnte nur eine Verwechslung sein.

»Wie heißen Sie?« Das Zittern, welches meinen Körper ergriffen hatte, war deutlich in meiner Stimme zu hören. Eng drückte ich mein Smartphone an mein Ohr. »Hallo? Nennen Sie mir Ihren Namen! Hallo?« Ich starrte auf einen schwarzen Handybildschirm. Der Anruf war beendet worden.

Zwei Sätze. Mehr hatte die Stimme am Telefon nicht gesagt. Meine großzügig geschnittene Küche schien innerhalb einer Sekunde auf Puppenstubengröße geschrumpft zu sein. Alles fühlte sich eng an und das Atmen wurde zum Kraftakt. In meinem Kopf herrschte Chaos, aber ein Gedanke konnte sich den Weg aus dem Wirrwarr bahnen: *Krieg jetzt bloß keine Panikattacke, Louisa. Du hast gleich einen Telefontermin mit dem französischen Zoll.*

Himmel! Sogar in einer solchen Situation setzte sich mein verdammtes Pflichtbewusstsein durch.

Ein dezentes Räuspern drang an mein Ohr. Frau Dr. Häuser wartete noch immer auf eine Antwort. Ich blinzelte einige Male und versuchte, eine Version der Wahrheit zu formulieren, die nicht so bemitleidenswert klang, wie das, was sich gerade in meinem Kopf abgespult hatte. Schließlich wollte ich meine Hausärztin nicht zusätzlich zur Psychologin meines Vertrauens machen.

»Mein beruflicher Alltag ist recht hektisch. Ich arbeite als Syndikusanwältin für Marken- und Designrecht bei einem Hersteller von Wohnaccessoires. Meine Aufgabe besteht darin, zu verhindern, dass Plagiate unserer Produkte den Markt überschwemmen. Ich bin also ständig auf Messen, bei Zollbehörden und in Häfen oder Frachtterminals internationaler Flughäfen unterwegs.« Humorlos lache ich auf. »Und mein Privatleben ist momentan auch nicht das, was man als ausgleichenden Ruhepol bezeichnen könnte.«

Möglicherweise ahnte Frau Dr. Häuser, dass dies nur ein kleiner Teil der Wahrheit war, denn sie kam erneut um ihren Schreibtisch herum und nahm wieder neben mir in dem Sessel Platz. »Sie müssen auf sich achten«, sagte sie mit sanfter Stimme und musterte mich von der

Seite. »Hören Sie auf Ihren Körper, der sagt Ihnen ziemlich genau, was er braucht.«

Ein Satz, wie er auch von meiner Mutter stammen könnte. Innerlich rollte ich mit den Augen. »Kann meine Ohnmacht nicht durch einen kurzzeitigen Angstzustand ausgelöst worden sein? Durch eine panische Reaktion, die meinen Kreislauf durcheinandergebracht hat?«

»Frau Feldmann, was ist denn vor Ihrer Ohnmacht passiert?« Meine Ärztin hatte sich mir nun komplett zugewandt und schob sich Ihre Lesebrille ins Haar.

Nervös strich ich über das kühle Leder des Sessels, in dem ich saß, und folgte mit den Augen den Sonnenstrahlen, die durch die hohen Altbaufenster in die Praxis fielen und auf dem Parkettboden ein Muster zeichneten.

»Ich habe eine unschöne Nachricht erhalten«, antwortete ich knapp.

Abwartend sah mich Frau Dr. Häuser an, aber ich konnte mich nicht dazu durchringen, ihr detailliert zu erzählen, was vorgefallen war. Sobald ich darüber sprach, wäre ich gezwungen, mich damit auseinanderzusetzen. So konnte ich mir immerhin noch für einige Zeit einreden, dass sich jemand lediglich einen bösen Scherz erlauben wollte.

»Nun, vielleicht war diese unschöne Nachricht der Tropfen, der ein bereits volles Fass zum Überlaufen brachte. Aber nach allem, was sie mir über Ihre Arbeitssituation – oder, sagen wir lieber, über Ihren Lebensstil – erzählt haben, denke ich nicht, dass es einen alleinigen Auslöser für Ihre kurze Ohnmacht gab.« Noch immer betrachtete sie mich eingehend. »Auch Ihr Körper erzählt eine andere Geschichte.« Sie deutete auf meine Schulterpartie.

»Ihre Haltung ist zum Beispiel nicht optimal. Außerdem kann man Ihnen die Anspannung in Ihrem Hals-Nacken-Bereich deutlich ansehen. Beides macht sich bestimmt hin und wieder schmerzhaft bemerkbar. Mich würde auch nicht wundern, wenn Sie häufig mit Kopfschmerzen zu kämpfen hätten, so wie Sie Ihre Kiefer aufeinanderpressen.« Ihr Blick wurde strenger. »Wann haben Sie das letzte Mal Sport gemacht?«

Gute Frage. »Also früher«, fing ich an, »im Grunde noch bis vor einem Jahr, war ich regelmäßig laufen. Keinen Marathon, aber schon einige Kilometer jede Woche.« Ich überlegte. »Zumba habe ich auch mal probiert, das war aber nicht meins.«

»Yoga!«, unterbrach meine Hausärztin meine Überlegungen und sah mich eindringlich an. »Yoga ist genau das Richtige in Ihrer Situation.«

Leise stöhnte ich auf. »Haben Sie sich etwa mit meiner Mutter abgesprochen?«

Zunächst blinzelte mich Frau Dr. Häuser aus ihren grauen Augen irritiert an, doch ihre Miene hellte sich schnell auf. »Nein«, sagte sie schließlich lächelnd. »Aber auch im Erwachsenenalter ist es hin und wieder ratsam, auf seine Eltern zu hören. Yoga kann ganz wunderbar dabei helfen, körperliche und seelische Verspannungen zu lösen, Stress abzubauen und unserem Alltag energievoller entgegenzutreten. Ebenfalls sehr gut bewährt bei gestressten Patienten hat sich Meditation. Haben Sie sich damit schon einmal beschäftigt?«

Mühsam unterdrückte ich ein weiteres Stöhnen. Die Richtung, die unser Gespräch nahm, gefiel mir gar nicht.

Meine Mutter war seit der Scheidung von meinem Vater vor zwölf Jahren auf einem sehr spirituellen Pfad unterwegs. Über die Zeit hatte sich bei mir eine solche Abneigung gegen alles auch nur ansatzweise auf die Balance von Körper und Geist Abzielende aufgebaut, dass Yoga selbst zu Fitnesszwecken bei mir keine Chance hatte.

Während ihres kleinen Referats über die gesundheitlichen Vorteile einer täglichen Meditationspraxis wurde Frau Dr. Häuser irgendwann klar, dass ich längst dicht gemacht hatte, und sie versuchte, mich mit einem anderen Thema zu ködern. »Machen Sie zeitnah ein paar Tage frei. Am besten irgendwo, wo sie so richtig durchatmen können. Frische, unbelastete Luft wirkt für uns Städter manchmal Wunder.«

Frei nehmen. Irgendwo ganz hinten in meinem Gedächtnis klingelte da etwas. Mein Herzschlag beschleunigte sich, als mir einfiel, dass Karsten über das kommende Wochenende eine romantische Reise für uns geplant hatte. Zwar wollte er mir partout nicht verraten, wo es hingehen sollte, aber das war auch unerheblich für mich gewesen. Zum ersten Mal wollten wir gemeinsam wegfahren. Fast fünf Tage nur für uns. Was noch bis vor einigen Stunden wie ein Traum für Verliebte geklungen hatte, drehte mir nun beim bloßen Gedanken daran fast den Magen um.

Meine Hausärztin entließ mich erst, nachdem sie mir das Versprechen abgerungen hatte, mir möglichst zeitnah eine Auszeit zu gönnen. Keine Arbeit, keine typischen Alltagspflichten, wenig Zucker, wenig Alkohol, keine Hörigkeit gegenüber digitalen Geräten. Stattdessen viel Bewegung, frische Luft und Vitamine. Wobei mir meiner Meinung nach mit einer anhaltenden Amnesie am meisten geholfen wäre. Ich wollte diesen kompletten Vormittag am liebsten aus meinem Gedächtnis streichen.

***

Im Gegensatz zu mir war meine Freundin Lena wenig schockiert über meinen neuen Beziehungsstatus als unwissende Geliebte.

»Ich wünschte, ich könnte dir sagen, dass verheiratete Männer nie außereheliche Beziehungen haben oder wenn sie es tun, immer alle beteiligten Parteien darüber im Bilde seien«, stellte sie unbeeindruckt fest, ihre Hüfte lässig an meine Kücheninsel gelehnt. »Du glaubst gar nicht, was sich allein in meiner Kanzlei immer wieder an Dramen abspielt.« Bedauernd sah sie zu mir herüber und öffnete eine weitere Flasche unseres Lieblingsweins – so viel zum Thema wenig Alkohol. Nachdem ich ihr seit dem Morgen etwa achtundzwanzig Sprachnachrichten hinterlassen hatte, waren wir beide der Meinung, dass die verbleibenden Stunden dieses Tages für mich nur mit etlichen Gläsern Wein zu überstehen waren.

Durch die geöffnete Doppelflügeltür beobachtete ich von meinem Sofa aus, wie sie unsere Gläser mit dem honigfarbenen Pfälzer Gewürztraminer füllte und sie dann zu meinem Couchtisch balancierte.

»Wie hat Karsten denn reagiert, als du ihm von dem Anruf erzählt hast?« Lenas sonst so sanfte braune Augen fixierten mich streng. »Du hast ihm doch inzwischen davon erzählt?« Ihre Hände in die Hüften gestemmt stand sie mit nackten Füßen auf meinem flauschigen Wohnzimmerteppich. Ihr zierlicher Körper bebte. Beide Augenbrauen wanderten millimeterweise nach oben, bis sie ihren akkurat geschnittenen Pony berührten.

Wenn ich ehrlich zu mir selbst war, dann wollte ich nicht mit meinem eigenen Versagen konfrontiert werden. Ich wollte mir nicht eingestehen müssen, ein Jahr lang nicht bemerkt zu haben, dass der Mann in meinem Leben eine Ehefrau hatte, wollte nicht etwas in eine Beziehung hineininterpretiert haben, das es nie gab. Solange ich Karsten nicht auf den Anruf von heute Morgen ansprach und seine Reaktion darauf beobachten konnte, bestand zumindest die Möglichkeit, dass es sich um ein simples Missverständnis handelte. Ich wollte mich meiner eigenen Scham nicht stellen. Solange ich keine stichhaltigen Beweise dafür hatte, war ich keine Geliebte. Punkt.

»Louisa, sag mir bitte, dass du diesen Typen zur Rede gestellt hast!« Lenas genervter Seufzer hallte durch die Stille des Zimmers. Da ich vermutlich aussah wie ein leibhaftiges Häufchen Elend, hatte meine beste Freundin Erbarmen mit mir. Sie unterbrach ihre beginnende Inquisition, trat um den Couchtisch herum und stupste mich sachte an der Schulter an.

»Rutsch rüber, Schwester.«

Müde lächelte ich sie an. Seit unseren gemeinsamen Tagen an der Uni war dies ein Scherz zwischen uns beiden, da wir bis heute häufig für Schwestern gehalten wurden. Zwar waren wir beide blond und zierlich, aber damit erschöpften sich zumindest in meinen Augen unsere optischen Gemeinsamkeiten. Während ich mit strengen Hosenanzügen, hochgesteckten Haaren und auf Schuhen, die mir ein paar Zentimeter mehr verschafften, im Job darum kämpfte, Autorität auszustrahlen, ging meine Freundin in Turnschuhen in ihre Kanzlei und liebte es, von den Anwälten der Gegenseite regelmäßig unterschätzt zu werden.

»Du glaubst also, dass Karsten verheiratet ist und der Anruf tatsächlich von seiner Frau kam?«, fragte ich sie mit matter Stimme.

Lena nahm meine Hand. »Süße, wer hätte denn einen Grund, dir so einen Mist aufzutischen? Und wieso? Ich bin überzeugt davon, dass es sich bei Karsten um einen feigen Ehebrecher handelt.«

Schon von ihrem ersten Aufeinandertreffen an konnte Karsten bei Lena keinen Blumentopf gewinnen. Er löse bei ihr sofort den *Schleimscheißer-Alarm* aus, sagte Lena damals. Kein Rückgrat, aber eine große Klappe. Charmant, aber ohne Tiefgang und ein Vollprofi in der Kunst des Speichelleckens.

»Und wenn es eine Verwechslung war?«

»Sagtest du nicht, der Anruf kam von Karstens Handynummer?« Wissend, dass sie recht hatte, sah sie mich eindringlich an. Nach meinem Arztbesuch hatte ich mich getraut, meine Anruferliste aufzurufen, und dort prangte neben der betreffenden Uhrzeit der Name meines Freundes. »Wer sollte diesen Anruf also gemacht haben? Seine Mutter, die dich nie kennengelernt hat? Eine eifersüchtige Verehrerin, die nicht möchte, dass ihr zusammen seid?

Selbst, wenn es nur eine andere Frau war, mit der er schläft, ... ich meine, willst du das? Ist eine Dreiecksgeschichte wirklich dein Ding?«

Diesen Gedanken musste ich mit einem großen Schluck Wein hinunterspülen, doch auch in meinem Magen angekommen fühlte er sich nicht besser an. »Was soll ich denn machen?«, fragte ich verzweifelt und leerte mein Glas in einem Zug.

»Du musst diese Entscheidung nicht jetzt treffen. Vielleicht hat seine Frau ihn bereits konfrontiert und er rückt dir gegenüber bald mit der Wahrheit raus.« Lena fuhr sich mit der Hand durch ihren schulterlangen Bob. »Bis es so weit ist, könntest du eine Auszeit nehmen. Mir gefällt die Idee deiner Ärztin. Hast du nicht sowieso bald Urlaub?«

»Ab übermorgen«, krächzte ich und mir wurde sofort flau im Magen, wenn ich an Karstens geplanten Überraschungstrip dachte.

»Na also! Du musst ein paar Tage lang den Kopf freikriegen, dann sieht die Welt schon wieder besser aus.« Lena schnippte mit den Fingern. »Ich weiß auch schon genau, wohin dich deine kleine Reise führen wird.«

Vorsichtshalber schenkte ich mir in der Küche Weißwein nach, denn ich bezweifelte stark, dass einige Tage Urlaub etwas an meiner Situation ändern würden. Aber vielleicht gelang es mir dadurch, zumindest in Bezug auf Karsten klarer zu sehen.

»Sylt!«

»Sylt?« Ich machte eine abwehrende Geste mit den Händen, während ich mich wieder auf mein Sofa fallen ließ. »Och nö, ich habe wirklich keine Lust auf diesen

Schickimicki-Schwachsinn. Von solchen Angebern gibt es doch hier in Frankfurt schon genügend.«

»Schickimicki-Schwachsinn?!« Lena warf mit einer gesalzenen Erdnuss nach mir, die sie aus der Schale auf meinem Couchtisch gefischt hatte. »Wer hat dir denn so einen Blödsinn eingeredet? Du warst doch bisher noch nie auf der Insel.«

Dass meine beste Freundin die Ehre von Sylt verteidigen würde, hätte mir klar sein müssen. Lenas vollständiger Name lautete Helena Freifrau von Hagen und sie hatte seit ihrer Kindheit fast jeden Sommer auf Sylt verbracht. Während sich die Sommer meiner Kindheit eher im Allgäu, Schwarzwald oder einem der diversen deutschen Mittelgebirge abgespielt hatten. Meine Eltern waren große Wanderfans. Von der Nordseeküste kannte ich bisher nur Sankt Peter-Ording, wo ich meine Mutter vor einigen Jahren während ihrer Kur besucht hatte. Obwohl ich also weit davon entfernt war, demnächst als Nordlicht eingebürgert zu werden, hatte ich doch aus diversen Boulevard-Magazinen und Lifestyle-Reportagen eine ziemlich klare Vorstellung von Sylt. Die sich wenig bis gar nicht mit meinen Wünschen für eine Auszeit deckte.

Sylt, das waren mittelalte Männer im Golfoutfit, an der einen Hand eine protzige Uhr, an der anderen ein platinblondes Püppchen mit aufgespritzten Lippen. Pferde-Polo am Strand, überteuerte Champagner-Cocktails und ein bisschen FKK als Überbleibsel der wilden Vergangenheit der heutigen Hochburg astronomischer Immobilienpreise. Nein, danke. Vielleicht wäre der Schwarzwald nach so langer Zeit tatsächlich ein ganz schönes Ziel? Oder ich könnte meine Schwester besuchen, die in Portugal lebte? Dort könnte ich mich sicherlich für einige Tage verkriechen.

Aber meine Freundin war von ihrer Idee nicht abzubringen. Sie schrieb bereits eine Nachricht an ihren Onkel, der auf Sylt ein Haus besaß.

»Lena«, stöhnte ich. »Vermutlich sollte ich eher irgendwo hinfahren, wo ich dauerhaft im Jogginganzug rumlaufen kann und niemandem auffällt, wenn ich mir drei Tage lang die Haare nicht kämme.«

Unbeirrt tippte sie weiter.

»Möglicherweise ist die Auszeit doch keine so gute Idee«, merkte ich vorsichtig an. »Wie soll ich Karsten denn erklären, dass ich nicht zu dem von ihm geplanten langen Wochenende mitkomme?«

»Louisa, meine Güte! Hör bitte auf, Rücksicht auf einen Typen zu nehmen, der mit dir ein Jahr lang seine Ehefrau betrogen hat«, redete sich Lena in Rage.

Beschämt knibbelte ich an einem Sofakissen herum.

Versöhnlich beugte sich Lena zu mir. »Vergiss diesen Kerl. Hak ihn ab. Kümmere dich endlich mal nur um dich. Nicht um die Arbeit, nicht um deine Mutter, nicht um Karsten. Schon gar nicht um Karsten, sondern ganz allein um dich. Denk nicht so viel nach. Leb endlich mal wieder ein bisschen.« Sie wandte sich erneut ihrem Smartphone zu. »Am besten frag ich gleich nach, wer aus meinem Bekanntenkreis in nächster Zeit so auf der Insel ist. Vielleicht kann ich ein paar Blind Dates für dich organisieren. Dann hast du direkt Ersatz, falls ich wie so häufig recht behalten sollte und Schleimscheißer-Karsten verheiratet ist.« Sie schnitt eine Grimasse.

Laut jammernd vergrub ich meinen Kopf im Sofakissen.

Zwanzig Minuten später hatte ich meiner Freundin zumindest die Idee mit den Blind Dates ausgeredet. An ihren Reiseplänen für mich hielt sie jedoch eisern fest.

»Entschleunigung! Das ist ab sofort dein neues Motto. Weshalb du mit dem Zug fahren wirst. Das bringt einen total runter. Du lehnst dich in deinem bequemen Sitz in der ersten Klasse zurück, gute Musik auf den Ohren, draußen zieht die Landschaft vorbei. Herrlich.« Lena fing meinen skeptischen Blick auf und hob abwehrend eine Hand. »Rechtsanwältin Feldmann!« Sie sah mich streng an. »Hiermit ist Ihr Einspruch abgelehnt und das Urteil wird zur sofortigen Vollstreckung angesetzt. Notfalls wird zwangsvollstreckt. Aber ich hoffe wirklich, dass es dazu nicht kommen muss.« Lenas Augen blitzten und ich ahnte, dass gleich noch einer ihrer verrückten Einfälle aus ihr heraussprudeln würde. »Und, wie ich dir seit Jahren schon sage, frag dich doch öfter mal: Was würde Lena tun?« Meine beste Freundin machte mit beiden Händen eine präsentierende Geste an ihrem Körper entlang. »Ich bin ein wirklich großartiges Vorbild, wenn du endlich mal ein bisschen Vergnügen in deinem Leben haben möchtest.«

Das war vor zwei Tagen und bringt mich jetzt hierher. In das Großraumabteil eines Intercitys mit dem Ziel Westerland.

Kapitel 2

Seit dem Halt am Hauptbahnhof Göttingen sitzt eine ältere Dame auf dem Fensterplatz neben mir, die ebenfalls auf dem Weg nach Sylt ist, wie ich schon in den ersten zwei Minuten nach Abfahrt erfahren durfte. Außerdem hat sie mir verraten, dass sie drei Enkel hat, die sie gern viel öfter sehen würde. Wie die Eltern dieser Enkel heißen und was diese beruflich machen. Dass sie ihren Nachbar nicht mag, weil der immer zur Mittagszeit den Rasen mäht. Sie dienstags ins Seniorenzentrum geht, um dort für Bedürftige zu kochen. Immer um neunzehn Uhr am Freitag Chorprobe hat und in drei Wochen ein Auftritt ansteht.

Die Seniorin redet sprichwörtlich ohne Punkt und Komma.

Doch auch wenn ich es nicht zugeben will, der permanente Monolog vom Nebensitz tut mir ganz gut. Er verhindert nämlich, dass ich ununterbrochen den Anruf von Karstens Frau in meinem Kopf abspule. Der Anruf, über den ich mit Karsten noch immer nicht gesprochen habe.

Karsten hatte meine Absage der gemeinsamen romantischen Kurzreise sehr gelassen hingenommen. Ein wenig mehr Enttäuschung hätte ich mir ehrlicherweise schon gewünscht. Wenn ich so darüber nachdenke, wäre größeres Interesse an meinem Gesundheitszustand auch schön gewesen. Er hat nicht einmal angeboten, mir Cola und Salzstangen vorbeizubringen. Nicht, dass ich welche gebraucht hätte für meine erfundene Magen-Darm-Grippe, aber das konnte er schließlich nicht wissen. Seit unserem kurzen Telefonat, in dem ich ihm mitteilte, dass ich sehr traurig darüber bin, das lange Wochenende nicht wie geplant mit ihm verbringen zu können, hat er sich kein einziges Mal nach meinem Befinden erkundigt.

Als hätte er meinen Gedanken gelauscht, geht just in diesem Moment eine Nachricht von Karsten auf meinem Handy ein.

Karsten: *Ich vermisse dich, Baby! Geht's dir schon besser?*

Sofort habe ich ein schlechtes Gewissen. Welches ich nicht haben müsste, hätte ich genug Mut gehabt, ihn mit dem Anruf seiner angeblichen Ehefrau zu konfrontieren. Ich Feigling.

Glücklicherweise unterbricht meine Sitznachbarin erneut meine Gedanken und erzählt mit ausdrucksstarker Mimik von ihrer Nachbarin, die wohl sehr vermögend ist. Hätte ich einige Fünkchen krimineller Energie in mir, könnte ich mir durch manipulative Fragen einen genaueren Überblick zu den Vermögensverhältnissen dieser Dame verschaffen und mühelos ihre Adresse herausfinden. Ich überlege noch, sie auf die möglichen Gefahren hinzuweisen, einer fremden Person im Zug so viele Details aus ihrem eigenen und dem Leben ihr Nahestehender zu verraten, als meine Aufmerksamkeit durch einen markanten Duft abgelenkt wird. Zitrusnoten, männlich, ein Hauch von frisch gemahlenem rosa Pfeffer. *Ein Hauch von frisch gemahlenem rosa Pfeffer?!* Jetzt spielt mein Körper wohl vollends verrückt. Passgenau fördert mein Unterbewusstsein die Erinnerung an einen Zeitungsartikel zutage, der die Anzeichen von Gehirntumoren beschreibt. Eines davon sind Geruchshalluzinationen. Bilde ich mir diesen sinnlichen Duft vielleicht nur ein? Ich schnuppere. Meine Augen folgen der Spur, die meine Nase aufgenommen hat, und landen auf der Rückenansicht eines dunkelblonden Mannes. Eines sehr großen, gut gebauten Mannes. Zumindest wenn ich das anhand seiner breiten Schultern, schmalen Hüften und seines in der Anzughose knackig aussehenden Hinterns schließen darf. *Himmel, was ist nur los mit mir?* Jetzt schaue ich schon Mitreisenden auf den Po. Den sehr wohlgeformten Po. *Lass das, Louisa!*

Der Mann mit dem ansehnlichen Hintern murmelt mit samtiger Stimme etwas vor sich hin. *Samtige Stimme? Louisa, es reicht jetzt!* Als er sich etwas seitlicher dreht, um einen kleinen Hartschalenkoffer in der Ablage über den Sitzen zu verstauen, kann ich nicht nur einen Blick auf sein markantes Profil erhaschen, sondern auch auf einen kabellosen Kopfhörer in seinem rechten Ohr. Mr. Sexy führt also zum Glück keine Selbstgespräche, sondern telefoniert.

Moment mal. Mr. Sexy? Womöglich spielen meine Hormone gerade verrückt. Denn Düfte, Hintern und Stimmen von fremden Männern zu analysieren und ihnen dann einen Spitznamen zu verpassen, gehört definitiv nicht zu meinen Alltagsbeschäftigungen. Vielleicht hatte ja auch ein hormonelles Ungleichgewicht für meine Ohnmacht gesorgt und die Sache mit dem beginnenden Burnout ist tatsächlich Quatsch.

Mr. Sexy hat inzwischen auf dem Sitz direkt vor mir Platz genommen. Sollte er ebenfalls bis nach Sylt fahren, habe ich nun ausreichend Gelegenheit, seinen Hinterkopf zu studieren. *Wie sich wohl seine vollen Haare zwischen meinen Fingern anfühlen würden?* O Mann, nicht nur mein Körper braucht offenbar dringend Erholung. Auch meine plötzlich sehr lebhafte Fantasie könnte eine Auszeit gebrauchen. Ich atme hörbar aus, als sich eine kleine, faltige Hand auf meinen Arm legt. Die ältere Dame auf dem Fensterplatz sieht mich erwartungsvoll an.

»Entschuldigung.« Ich räuspere mich. »Ich war in Gedanken kurz woanders. Hatten Sie mich etwas gefragt?«

»Ob Sie verheiratet sind, Liebes.«

Ich schüttle den Kopf.

»Aber es gibt doch bestimmt einen Mann in Ihrem Leben, so nett und hübsch wie Sie sind.«

Tja, gibt es noch einen Mann in einem Leben? Diese eine Frage habe ich seit dem Anruf, der mir Karstens angeblichen Beziehungsstatus offenbarte, tunlichst verdrängt. Wie eine Wahnsinnige habe ich mich in der Zeit vor meiner Abreise in die Arbeit gestürzt, mich mit dem Laptop zuhause verschanzt und abends die um mein erbärmliches Liebesleben kreisenden Gedanken mit einer Flasche Rotwein betäubt. Nicht gerade der gesunde Lifestyle, den mir meine Ärztin nahegelegt hat.

Die rüstige Dame neben mir scheint gar nicht bemerkt zu haben, dass ich ihr noch eine Antwort schuldig bin, denn sie redet bereits weiter. »Mein Berthold, Gott hab ihn selig, war die Liebe meines Lebens. Hat mir immer den Rücken gestärkt. So wie ich ihm. Das ist es, was eine echte Partnerschaft ausmacht, oder?« Wieder legt sie ihre Hand auf meinen Arm. »Liebes, wenn Sie diesem Mann begegnen, der loyal zu Ihnen ist, dem es eine Freude bereitet, Ihnen eine Freude zu bereiten, der Ihre Bedürfnisse auch mal über seine stellt, weil er weiß, dass Ihnen etwas ganz besonders wichtig ist, dann halten Sie ihn fest. Halten Sie diesen Mann gut fest.«

Trifft etwas an dieser Beschreibung auf Karsten zu, frage ich mich. Loyalität? Nicht, falls mein Bauchgefühl recht hat und der Anruf von seiner Frau echt war. Macht es ihm Freude, mir eine Freude zu bereiten? Anfangs vielleicht. Stellt er meine Bedürfnisse hin und wieder über seine? Die Frage müsste eher lauten: Kennt er meine Bedürfnisse?

In unserer Kennenlernphase war Karsten außerordentlich charmant. Es schmeichelte mir, dass er sich so sehr um mich bemühte. Er war aufmerksam und großzügig. Lud mich in noble Restaurants ein, brachte mir langstielige Rosen mit, überraschte mich mit teuren Ohrringen. Wenn ich jetzt darüber nachdenke, hätte mir früher auffallen sollen, dass er sich nicht wirklich für mich interessierte. Mich etwa nach meinen Lieblingsblumen fragte, beobachtete, dass ich nie Ohrringe trug, oder bemerkte, dass ich viel lieber in der gemütlichen Trattoria um die Ecke aß als im unterkühlten Szenelokal.

Aber anstatt genauer hinzusehen, ignorierte ich diese Anzeichen die ganzen Monate über. Es passte ja im Grunde ganz gut und Karsten hatte einen großen Vorteil gegenüber seinen Vorgängern: Mein intensives Engagement für die Arbeit war ihm kein Dorn im Auge. Vielleicht deshalb, weil meine häufige Abwesenheit durch die vielen Reisen und langen Arbeitszeiten für ihn selbst von Vorteil war?

Mühevoll schüttle ich die Gedanken an Karsten ab und befasse mich lieber mit dem Hinterkopf direkt vor mir, dessen Besitzer nach wie vor in ein Telefonat vertieft ist. Zugegebenermaßen handelt es sich um einen ausgesprochen attraktiven Hinterkopf. Volles, dunkelblondes Haar, leichte Wellen, eine Art sexy Out-of-Bed-Look, der in schönem Kontrast zu seinem eher businessmäßigen Outfit steht. Und ich erwische mich bei dem Gedanken, dass Sylt wohl nicht nur von golfspielenden älteren Herrschaften und neureichen Angebern besucht wird. Irgendetwas scheint in meinem Oberstübchen mächtig durcheinandergekommen zu sein. Mr. Sexy fährt bestimmt gar nicht nach Sylt.

Auf dem Sitz vor mir ist plötzlich der Samt aus der Stimme verschwunden. Das Objekt meiner hormonellen Begierde flüsterschreit vor sich hin. Obwohl ich mich sehr anstrenge, kann ich nur einige Wortfetzen verstehen, so sehr hat Mr. Sexy das Flüsterschreien perfektioniert. Über irgendetwas scheint er sehr aufgebracht zu sein, was die Person am anderen Ende offenbar nicht so sieht.

»Liebe Fahrgäste, in wenigen Minuten fahren wir auf den Hindenburgdamm, der das nordfriesische Festland mit unserem Ziel, der Insel Sylt, verbindet. Sie können zu beiden Seiten des Zuges das Wattenmeer sehen«, unterbricht eine Lautsprecheransage meinen Lauschversuch. Um mich herum recken sich etliche Hälse, um den besten Blick zu erwischen. Dabei rauschen wir immer noch an Feldern vorbei. Die Landschaft ist komplett flach und nicht sehr spektakulär. Strommasten säumen die Gleise, in der Ferne sind Windkrafträder zu erkennen. Leider ist der Himmel wolkenverhangen und so verbindet sich kurz darauf ein grauer Horizont mit grau-braunem Watt, das immer wieder von aufgeschütteten Abtrennungen und kurzen Bohlen aus Holz unterbrochen wird. Etwas weiter entfernt vom Damm schimmern einige Wasserflächen. Ob die Flut wohl gerade auf oder abläuft?

»Hach, die Nordsee, und gleich bin ich endlich wieder auf meiner Lieblingsinsel«, murmelt die Dame neben mir und sieht sehnsüchtig aus dem Zugfenster. Noch kann ich ihre tiefe Liebe nicht teilen, aber laut meiner besten Freundin würde ich Sylt bereits nach einem einzigen Tag auf Ewigkeit verfallen sein.

Kurze Zeit später hält unser Zug in Westerland und der Mann auf dem Sitz vor mir diskutiert immer noch heftig mit seinem nicht anwesenden Gesprächspartner. Nahezu zeitgleich stehen wir beide auf, um unser Gepäck aus der Ablage zu holen. Gerade reiche ich der Dame neben mir ihre Tasche herunter, als Mr. Sexy einhändig seinen Hartschalenkoffer herauswuchtet. Sein Koffer streift zuerst meinen Hinterkopf und trifft dann schmerzhaft mein Schulterblatt. Ich weiß sofort, dass das einen netten Bluterguss geben wird.

»Hey!«, drehe ich mich zu ihm um. »Passen Sie verdammt nochmal auf, was …« Ich brauche gar nicht weiterzureden, denn der Kerl hat sich allen Ernstes bereits umgedreht und ist auf dem Weg zum Ausgang. Sein Zeiger auf meiner imaginären Attraktivitätsskala schnellt gegen Null. Ruppig bahnt er sich einen Weg durch unsere Mitreisenden. Der Typ im Anzug – ja, ganz recht, nach dieser Aktion heißt er selbstverständlich nicht mehr Mr. Sexy! – kriegt die Schneise der Verwüstung, die er auf seinem Weg aus dem Abteil hinterlässt, überhaupt nicht mit. Sein telefonisches Streitgespräch hat inzwischen eine gewöhnungsbedürftige Lautstärke angenommen.

»Frag dich doch mal, wie es dazu kommen konnte«, schreit er vor sich hin als er aus dem Zug steigt. Dann verschluckt ihn die Masse der Passagiere am Bahnsteig.

Ich reibe mir meine schmerzende Schulter und befühle anschließend meinen Hinterkopf. Hm, das gibt möglicherweise eine Beule.

»Liebes, würden Sie mir beim Aussteigen mit meiner Tasche helfen?«, fragt die Seniorin, die während der Fahrt neben mir saß. Geduldig helfe ich ihr die Stufen hinunter und reiche ihr ihre Tasche hinterher.

»Soll ich für Sie nach einem Gepäckwagen schauen?«

»Nein, nein, Liebes, das schaff ich schon. Nur wenn ich mich beim Aussteigen festhalten muss, ist mir die Tasche im Weg.«

Wir verabschieden uns und wünschen uns gegenseitig einen schönen Aufenthalt.

Nach der langen Fahrt genieße ich die frische Brise, die mir hier bereits am Gleis um die Nase weht, und strecke mich ausgiebig. Schnell binde ich meine langen Haare zu einem Knoten am Hinterkopf, damit mir der Wind nicht ständig Strähnen ins Gesicht treibt.

Unser Zug hat sich fast vollständig geleert und auch die Personenanzahl am Bahnsteig nimmt erfreulicherweise ab. Zeit, die Insel kennenzulernen! Voller Vorfreude greife ich nach meinem Rollkoffer. Keine zehn Meter habe ich hinter mir gelassen, als ich am Ende des Bahnsteigs den Typen im Anzug ausmache. Immer noch schreit er in sein nicht vorhandenes Telefon. Ich bemühe mich, ihn einzuholen. Und kaum bin ich in seiner Nähe, hat mein rechter Arm offenbar spontan ein Eigenleben entwickelt. Wirft er doch glatt meinen Rest Pain au Chocolat – zum Glück in eine Bäckertüte aus Papier eingewickelt – nach dem Koffer-Rüpel. Und landet auch noch einen Volltreffer. Das französische Gebäck trifft elegant seinen Hinterkopf.

Mitten in seinem Stechschritt bleibt er stehen und dreht sich verwundert um. Ich sehe ihm an, dass er nicht einordnen kann, was gerade passiert ist.

Von unten bis oben mustert er mich. Zwischen seinen schön geschwungenen Augenbrauen hat sich eine steile Falte gebildet. Dunkle Augen verharren auf meinem Gesicht, fixieren mich. Kurz bebt sein markantes Kinn, als wolle er etwas sagen, aber dann dreht er sich ohne ein Wort um und nimmt seinen Stechschritt wieder auf. In wenigen Sekunden ist er aus meinem Sichtfeld verschwunden und ich stehe verdattert am Gleis. Wie in Trance gehe ich zu der Stelle, an der meine Bäckertüte auf dem Boden liegt, hebe sie auf und werfe sie in den nächsten Mülleimer.

Kapitel 3

Wieso quietschgrün? Die überdimensionierten Reisenden, die sich in diesem grellen Farbton auf dem Bahnhofsvorplatz von Westerland gegen den Wind stemmen, lassen mich kurz ans Umkehren denken. Dann entscheide ich mich doch lieber für ein Foto, das ich mit einem ironischen Kommentar an Lena schicke: *Schön hier.*

Kurze Zeit später kommt eine Antwort.

Lena: *Hey, das ist Kunst! Das muss nicht schön sein!*

Nicht einmal zehn Minuten, nachdem ich das nette Betonambiente der sechziger und siebziger Jahre von Westerlands Innenstadt in einem Taxi gen Norden hinter mir gelassen habe, schicke ich ein weiteres Foto mit der Bemerkung „*Schön hier*" an meine liebste Freundin. Diesmal sind auf dem Bild viel Grün und ein schwarz-weiß gestreifter Leuchtturm zu sehen. Sekunden später vibriert mein Handy.

Lena: *Schon besser. Braves Mädchen.*

Als wir fast schon beim Haus ihres Onkels angekommen sind, geht eine weitere Nachricht ein.

Lena: *Ich bin sicher, die Insel hat die Kraft, dich zu verzaubern. Du musst es nur zulassen, Süße!*

Wenn ich mir das kleine Haus aus weiß gestrichenem Backstein mit seinem bemoosten Reetdach in dem blühenden Garten so ansehe, denke ich, Lena könnte recht haben. Hinter einem etwa kniehohen Steinwall erstreckt sich eine wildromantische Wiese, gesäumt von unzähligen Heckenrosen, deren zarter Duft sich mit der salzigen Meeresluft verbindet. Weiter hinten kann ich einige Schilfgräser ausmachen, hinter denen sich eine kleine Gartentür verbirgt. Laut Lenas Beschreibung führt von dort aus ein schmaler Trampelpfad zu einem Spazierweg am Wattenmeer. Ich freue mich darauf, nach über einem Jahr meine Laufschuhe auszumotten und morgen früh ebendiesen Weg als meine neue Joggingstrecke einzuweihen. Dieses idyllische Inselrefugium könnte genau der richtige Ort sein, um wieder etwas Ruhe in mein Leben zu bringen. Tief einatmend genieße ich die Sonnenstrahlen, die durch die Wolkendecke brechen und nehme dies als Zeichen dafür, dass mich dieser traumhafte Ort willkommen heißt. Entschlossen, der von meiner Ärztin verordneten Entschleunigung nachzukommen, ziehe ich meinen großen Rollkoffer über einen schmalen, gepflasterten Weg zur Haustür. Im Innenfach meiner Handtasche krame ich nach dem Schlüssel, den Lena mir in Frankfurt übergeben hat. Unter meinen Sneakers macht die Fußmatte ein schmatzendes Geräusch. Erstaunt blicke ich nach unten. Hat sich die Matte bei einem kürzlichen Regenguss mit Wasser vollgesogen? Von den sehr plötzlich auftretenden Regenschauern im Norden habe ich schon gehört. Möglicherweise habe ich vor meiner Ankunft gerade einen verpasst?

Meine Theorie bezüglich eines kürzlichen Regengusses erledigt sich in der Sekunde, in der ich die Tür öffne und ein Schwall Wasser aus dem Inneren des Hauses über meine weißen Turnschuhe strömt. Mit einem erschrockenen Quieken springe ich zur Seite. Nach dem ersten Schwall fließt weiterhin ein kleines Rinnsal aus der Eingangsdiele. Was ist denn hier los? Auf Zehenspitzen, um meine Füße nicht noch nasser werden zu lassen, als sie es ohnehin bereits sind, betrete ich den Flur. Langsam arbeite ich mich in den Wohn-Ess-Bereich vor, wo sich eine hölzerne Wendeltreppe ins Obergeschoss schlängelt. Etliche Rinnsale tropfen von Stufe zu Stufe. An der Wand hinter der Treppe perlen unzählige Wassertropfen.

Mist! Wo ist hier der Hauptwasserhahn? Ich finde ihn kurze Zeit später in einer kleinen Abstellkammer, in der auch Waschmaschine und Trockner untergebracht sind. Auf meiner Suche nach dem Absperrventil konnte ich das komplette Untergeschoss des kleinen Hauses kennenlernen. Zu wissen, dass ich hier nun doch nicht die nächsten Tage verbringen kann, tut mir in der Seele weh. Denn dieses Reetdachhäuschen mit der liebevollen Einrichtung und dem verwunschenen Garten fühlt sich nach meinem ganz persönlichen Hideaway an. Ich versuche zu retten, was zu retten ist. Verfrachte Teppiche auf die Terrasse, stelle Eimer und Töpfe unter die Treppe, um das Wasser aus dem Obergeschoss aufzufangen, schiebe mit einem Schrubber das Wasser nach Draußen.

Erschöpft wähle ich Lenas Nummer.

»Ich befürchte, es gibt ein Problem«, beginne ich, als sie abhebt.

***

»Da Sie Ihren Geburtstag bei uns verbringen werden, schenken wir Ihnen ein Upgrade auf eine Juniorsuite mit Blick aufs Wattenmeer.«

Lena wäre nicht Lena, hätte sie nicht ihre legendären Beziehungen spielen lassen und mir nach dem Reetkaten-Desaster in Minutenschnelle eine alternative Unterkunft besorgt. Durch einen Wasserrohrbruch im ersten Stock ist das wunderschöne Haus ihres Onkels leider fürs Erste unbewohnbar.

Überrascht strahle ich den jungen Mann an der Rezeption an. Wow, eine Suite. Mit Meerblick. Ich bin mir unsicher, ob dieses Upgrade tatsächlich aufgrund meines anstehenden Geburtstags zustande kam oder ob Lena dem Hoteldirektor möglicherweise von meinen persönlichen Tiefpunkten der letzten Tage erzählt hat. Für den Moment ist mir das sogar egal. Ausgelaugt von der Anreise und meiner versuchten Rettungsaktion im Haus von Lenas Onkel, nehme ich dankbar die Zimmerkarte entgegen.

Meine neuen Gemächer für die nächsten Tage liegen im obersten Stockwerk eines großen Spa-Hotels ganz im Norden der Insel. Der Hotelmitarbeiter hat nicht übertrieben. Direkt beim Betreten des Zimmers blicke ich durch eine breite Glasfront auf die Weite des Wattenmeers. Hatte sich das Wasser bei meiner Fahrt über den Hindenburgdamm noch vor mir versteckt, so glitzert es jetzt in der Abendsonne. Noch bevor ich einen näheren Blick auf die Annehmlichkeiten meiner Juniorsuite werfe, trete ich durch die bodentiefe Schiebetür auf den großen Balkon. Während ich dort stehe, verabschieden sich die letzten Sonnenstrahlen des Tages und tauchen alles in ein milchiges Rosé. Der Blick übers Wasser ist einmalig. Tief atme ich die frische Meeresbrise ein und spüre tatsächlich einen ersten Anflug von Entspannung. Außer den Schreien einiger Möwen ist nichts zu hören. Etwas, das in meiner Wohnung im Frankfurter Westend eigentlich nie vorkommt. Ich schließe meine Augen, breite die Arme aus und nehme einen weiteren tiefen Atemzug. Die Luft schmeckt leicht salzig und der Wind auf meiner Haut fühlt sich wie ein sanftes Streicheln an. Hach, ich könnte ewig so … Mit einem lauten Knurren meldet sich mein Magen. Lächelnd erinnere ich mich daran, dass gleich zwei Menschen mir kürzlich sagten, ich solle mehr auf meine Bedürfnisse achten. Offenbar ist mein aktuelles Bedürfnis das Stillen eines Bärenhungers und so mache ich mich pflichtbewusst auf die Suche nach einer Information zum Room-Service.

Auf dem Schreibtisch im Wohnbereich meiner Suite werde ich fündig. Die Auswahl der Room-Service-Karte ist reichlich und hält durchaus gesündere Optionen als Burger und Pommes bereit, aber ein Lachs-Burger und eine Portion Süßkartoffel-Pommes klingen leider zu verlockend. Wie sagte Lena noch? Leb mal ein bisschen!

Da auch Süßes zum Leben dazugehört, beschließe ich, mir den Chocolate Lava Cake mit frischen Früchten zum Nachtisch zu gönnen. Hey, immerhin ein paar Vitamine! Das geht doch bestimmt als ausgewogene Mahlzeit durch.

Wenn ich beruflich reise, muss ich üblicherweise abends mit lokalen Geschäftspartnern in schicke Restaurants zum Essen gehen. Auch Karsten hat viel für die Frankfurter Edelgastronomie übrig. Es kam selten vor, dass wir an einem gemeinsamen Abend bei mir zuhause auf dem Sofa lümmelten und uns eine Pizza oder ein Curry bestellten.

So ein Essen auf dem Zimmer klingt also nach dem perfekten Einstieg in meine Auszeit für mich. Die Zeit, bis das Essen kommt, nutze ich, um auszupacken. Naserümpfend beäuge ich die Yogamatte, die meine Mutter mir für meine Auszeit auf der Insel geliehen hat, und stelle sie in den Kleiderschrank. Ganz nach hinten. Dann hüpfe ich noch schnell unter die Dusche, um die Spuren der Anreise abzuspülen, und hülle mich in den flauschigsten Hotelbademantel aller Zeiten.

Kaum trete ich aus dem Badezimmer in den Wohnbereich meiner Juniorsuite, klopft auch schon der Room-Service. Eine Minute, ein Trinkgeld und ein »Guten Appetit« später, erfüllen die Gerüche gehaltvoller Köstlichkeiten meine Gemächer. Der Luxusbademantel und ich lehnen uns an das gepolsterte Kopfteil meines King-size-Betts. Rechts neben mir das Tablett mit den kohlenhydratlastigen Sünden, links auf dem Nachttisch ein Prosecco aus der Minibar. Mittels Fernbedienung suche ich nach der idealen Begleitung zum Essen. Oh, *Freunde mit gewissen Vorzügen*. Das perfekte RomCom-Glück! Wenn sich Entschleunigung so anfühlt, dann sollte ich das wirklich öfter probieren.

Gerade als sich Mila Kunis und Justin Timberlake in einem Meer aus tanzenden Menschen endlich kriegen und ich mir die letzten beiden Süßkartoffel-Pommes in den Mund stecke, dringt ein Geräusch aus dem Nachbarzimmer an mein Ohr. Ist das … ein Stöhnen? Ich lausche aufmerksamer. Ja, definitiv ein Stöhnen. Ein sehr, ähm, lustvolles Stöhnen. Prompt verschlucke ich mich. Während ich hustend versuche, das Stückchen Süßkartoffel aus meiner Luftröhre zu vertreiben, kracht nebenan etwas an die Wand. Vermutlich das Kopfteil des Bettes im Nebenzimmer, denn das erste Geräusch hat nun einem rhythmischen Klacken Platz gemacht, welches das Stöhnprogramm begleitet. Nebenan geht es richtig zur Sache. Ich lehne mich in meinem Bett wieder zurück und nehme noch einen Schluck Prosecco.

Das Stöhnen hat inzwischen Gesellschaft von einem Grunzen bekommen.

Kurz beschleunigt sich mein Herzschlag, denn der grunzende Typ klingt fast wie Karsten. Ob dieses Grunzen beim Sex bei Männern über vierzig weit verbreitet ist? Hat uns vielleicht auch irgendwann jemand beim Liebemachen belauscht und sich über die Grunzgeräusche gewundert? Aber nein, wir sind ja nie zusammen verreist. Wieso hat es eigentlich zwölf Monate gedauert, bis Karsten zum ersten Mal vorgeschlagen hat, für ein langes Wochenende in ein romantisches Hotel zu fahren? Über einen längeren gemeinsamen Urlaub hatten wir erst recht nie gesprochen. Ach ja, beides hätte er wohl seiner Frau nur schwer erklären können.

Wie konnte ich nur so lange so blind sein?

Hätte vor einer Woche jemand zu mir gesagt: Wetten, dass du fast ein Jahr lang nicht bemerkst, dass dein Freund verheiratet ist? Ich hätte meinen rechten Arm verwettet. Und selbstverständlich dagegen.

Okay, ich bin beruflich viel unterwegs. Auch wenn ich nicht unterwegs bin, sind 70- oder 80-Stunden-Wochen nichts Außergewöhnliches. Wenn ich nicht für jeden menschlichen Kontakt viel zu kaputt bin, möchte ich in meiner knapp bemessenen Freizeit auch noch meine Freunde sehen und kurz bei meiner Mutter vorbeischauen. Ist das meine Ausrede? Dass ich zu wenig Zeit mit Karsten verbracht habe, um zu merken, dass es neben mir noch eine Ehefrau in seinem Leben gibt? Ich schüttle heftig den Kopf, als könnte ich damit auch diese schmerzhaften Gedanken vertreiben. Bloß nicht in die Karsten-Sache reinsteigern. Ich bin hier, um Abstand zu gewinnen, meinen Geist zu klären, um dann mit frischem Blick eine Entscheidung bezüglich meines zukünftigen Liebeslebens zu treffen.

Wie sagt meine Mutter immer? Bleib im Hier und Jetzt, deine Vergangenheit kannst du nicht ändern und deine Zukunft nur im Heute erschaffen.

Hier und jetzt läuft im Fernsehen inzwischen ein Thriller. Ich widme meine Konzentration wieder dem Geschehen auf dem Bildschirm und jedem einzelnen Bissen meines Lava Cakes.

Ich muss wohl eingenickt sein, denn irgendwann schrecke ich von einem lauten Geräusch auf. Kurz bin ich verwirrt. Was war das? Erneut kracht etwas gegen die Wand. Ah, das Kopfteil. Nebenan geht es wohl in die zweite Runde. Leider ist meine kleine Prosecco-Flasche leer, der restliche

Inhalt der Minibar nicht sonderlich verlockend und ich durch meine grunzenden Nachbarn noch weit davon entfernt, Schlaf zu finden.

»Was würde Lena tun?«, murmele ich vor mich hin.

Kapitel 4

n meinem kleinen Schwarzen betrete ich eine Viertelstunde später die Hotelbar im Erdgeschoss. Aus dem
Augenwinkel nehme ich eine Gestalt wahr, die mich
sehr an den ehemaligen Mr. Sexy aus dem Zug erinnert.
Aber als ich meinen Kopf in seine Richtung drehe, ist niemand zu sehen, der ihm ähnelt. Die wenigen Gäste sind
hauptsächlich Paare, die sich im hinteren Bereich der Bar
in gemütlichen Sitzgruppen verteilen. Dezente Jazzklänge
mit elektronischem Einschlag erfüllen den Raum, dessen
Einrichtung an ein kalifornisches Strandhaus erinnert.

Ich steuere den langen Tresen an und versuche, möglichst elegant auf einem Barhocker Platz zu nehmen. Bei
meiner Größe von nur eins sechzig keine unbedingt leichte Aufgabe.

»Einen wunderschönen guten Abend«, begrüßt mich
der junge Mann hinter der Bar mit einem verschmitzten
Lächeln. Unter seiner Barkeeper-Uniform aus weißem
Hemd, dunkler Jeans, rotbrauner Fliege und passenden
Hosenträgern wirkt er, als hätte er gerade erst sein Surf-
brett in die Ecke gestellt.

»Ich bin Finn, Ihr Barmann für heute Abend. Waren Sie schon häufiger bei uns?«

»Hallo, Finn, freut mich sehr.« Ich erwidere sein Lächeln. »Das ist mein erstes Mal in dieser Bar und auf dieser Insel. Gibt's denn einen Cocktail, den ich hier unbedingt probieren sollte?«

Er reicht mir eine kleine, zweiseitig beschriebene Karte. »Hier finden Sie einige Cocktails und Longdrinks, die wir anbieten, und selbstverständlich servieren wir alles von Aquavit bis Whiskey auch pur. Aber unser eigentliches Konzept ist das Mixen von Getränken, die ganz individuell auf den einzelnen Gast abgestimmt sind.«

»Auf die Stimmung des Gastes? Oder eher auf das, was der Gast sonst gerne trinkt?«, frage ich nach.

»Ist beides möglich«, kommentiert Finn mit einem Zwinkern.

»Kleine Herausforderung gefällig?«

Finn sieht mich gespannt an. »Klar!«

»Dann kreieren Sie doch bitte einen Drink für eine Frau, die gerade erfahren hat, dass ihr Freund verheiratet ist.«

Für ein paar Sekunden entgleiten meinem jungen Barkeeper die Gesichtszüge, dann hat er sich wieder im Griff und hantiert direkt mit einigen Flaschen. »Kommt sofort, die Dame.« Mit der einen Hand wirft er einen Shaker in die Luft und lässt ihn um die eigene Achse rotieren. Mit der anderen schwenkt er zwei Flaschen gleichzeitig. Alle drei Dinge kommen magischerweise zusammen und werden durch Säfte, Eiswürfel und allerlei weitere Zutaten ergänzt, die ich gar nicht so schnell erfassen kann, wie sie ihren Weg in den Shaker finden.

Finn mixt gründlich, bevor er alles durch ein Barsieb in ein hohes Glas gießt. Nachdem er den Drink noch mit einem Rosmarinzweig garniert hat, platziert er ihn stolz vor mir. »Für die schönste Frau an meiner Bar.«

Ich sehe mich um. »Wohl eher für die einzige Frau an der Bar.«

»Letzteres schließt Ersteres definitiv nicht aus.« Finns weiße Zähne blitzen.

Gespannt nehme ich einen Schluck. »Der kann was«, lächle ich ihm zu und nippe gleich nochmals an dem Getränk, das die Farbe von Blutorangensaft hat.

»Ich nenne Ihren Drink übrigens *Forget the guy*.«

Laut lachend proste ich meinem Barkeeper zu. »Darauf trinke ich.«

Finn kann nicht nur großartige Cocktails mixen, sondern ist auch ein außerordentlich angenehmer Gesprächspartner. Wir plaudern über meine Wahlheimat Frankfurt, die verschiedenen Typen von Urlaubern auf Sylt, die Gefahr von Sturmfluten und ich bekomme Geheimtipps für die Insel von einem Einheimischen.

»Wow«, sage ich erstaunt. »Du bist ein waschechter Insulaner?«

Augenblicklich verändert sich Finns bisher so fröhliche Miene. »Für viele Gäste klingt das toll«, meint er nachdenklich. »Aber es kann auch sehr anstrengend sein. Als Kind oder vor allem als Jugendlicher habe ich nicht wirklich verstanden, dass das ein wunderschöner Ort ist, an dem ich hier lebe. Da stört dich einfach nur alles. Es sind zu wenige Kinder in der Nachbarschaft zum Spielen. Jedes Jahr ziehen mehr deiner Freunde weg, weil ihre Eltern sich das Wohnen auf der Insel nicht mehr leisten können. Als mein bester Freund zum Ende unserer Grundschulzeit mit seiner Familie aufs Festland zog, wollte ich unbedingt dort gemeinsam mit ihm die Realschule besuchen. Das hieß für mich: jeden Tag pendeln. Was mit der Zeit richtig nervig war. Du musst ultrafrüh aufstehen, um den Zug zu erwischen, der dich zur Schule bringt. Ohne diesen Zug geht gar nichts. Ohne ihn kommst du also auch nicht zurück auf die Insel. Manchmal fällt der Zug aus, dann kannst du deine Pläne, die du für den Nachmittag gemacht hattest, direkt vergessen. Die letzten Schuljahre über habe ich es wirklich gehasst!«

Finn kassiert kurz zwei Gäste ab, dann ist er wieder bei mir. »Weshalb ich auch sofort von der Insel abgehauen bin, als ich es konnte. In Hamburg habe ich eine Ausbildung zum Restaurantfachmann in einem großen Hotel gemacht und anschließend auf einem Kreuzfahrtschiff angeheuert. Nach meiner Kindheit und Jugend auf einer kleinen Insel wollte ich so viel wie möglich von der Welt sehen. Da schien mir so ein Schiff ganz passend.« Ein zufriedenes Lächeln lässt Finns Mundwinkel zucken. »Dort habe ich auch die faszinierende Welt der Cocktails kennengelernt und beschlossen, dass ich für ein Leben hinter der Bar geschaffen bin.«

Erneut hebe ich mein Glas. »Cheers.«

Eineinhalb Stunden später weiß ich Folgendes:

- *Forget the guy* ist definitiv mein neuer Lieblingsdrink.
- Leider ist da für meine Verhältnisse viel zu viel Alkohol drin.

– Drei davon machen mich betrunken.

– Ich rede sehr viel, wenn ich getrunken habe.

– Finn ist ein echt guter Zuhörer.

»Ich meine, ich bin Anwältin. *Hicks.* Verdammt nochmal! Analytisches und rationales Denken sind mein täglich Brot. Und die Scheiße mit Karsten habe ich nicht kommen sehen? Ernsthaft? *Hicks.* Wie zum Teufel konnte ich ein Jahr lang nicht mitbekommen, dass der Mann, mit dem ich regelmäßig Sex habe, der seine Socken in meiner Wohnung herumliegen lässt, verheiratet ist? Und das erfahre ich nicht etwa von ihm. Nein. *Hicks.* Seine Frau ruft mich an. Wieso hat sie das gemacht? Wieso musste sie mir meine selige Unwissenheit nehmen? *Hicks.* Wieso? Karsten war der erste Mann, der sich durch meinen beruflichen Erfolg nicht bedroht fühlte. Der nicht ständig meckerte, weil ich so viel arbeite. *Hicks.* Wieso muss sie mir das kaputtmachen? Wieso hat er sich nicht schon längst für mich entschieden? *Hicks.* Bin ich nicht gut genug? Nicht schön genug? Nicht sexy genug? Oder nicht häuslich genug? Nicht anhänglich genug? *Hicks.* Will er ein Hausmütterchen? Was will er? Verdammt noch mal. Und wieso will er nicht nur mich? Nur mich.«

Habe ich schon erwähnt, dass Finn ein wirklich guter Zuhörer ist?

Kapitel 5

Wer hätte gedacht, dass sich Schlamm auf der Haut so gut anfühlen kann. Ich kann mir gerade noch ein wohliges Stöhnen verkneifen, als die Kosmetikerin des Hotel-Spas mit geübten Pinselstrichen die letzten Reste des Heilschlamms auf meiner Haut aufträgt. Gesicht, Hals und Dekolleté sind komplett mit bläulichem Schlick bedeckt. Laut Theresa, die sich heute früh um mein Wohlbefinden kümmert, ist dieser Meeresschlamm nicht nur gut für meine oberste Hautschicht, sondern erweitert außerdem die Kapillaren, fördert die Durchblutung und wirkt entzündungshemmend.

Und so entspannt, wie ich mich gerade fühle, ist er wohl auch gut für die Seele.

»Gehen Sie mit der Maske am besten noch für zwanzig Minuten ins Dampfbad, so können die Heilkräfte des Schlicks ihre Wirkung am besten entfalten«, empfiehlt Schönheitsexpertin Theresa. Nur zu gern leiste ich ihrem Rat folge und wackle in ein Badetuch gehüllt Richtung Dampfbad.

Die einzige andere Anwesende ist eine ältere Dame, die mir beim Hereinkommen nur kurz zunickt. Perfekt, niemand, der Plaudern will. Ganz nach meinem Geschmack.

Die Einrichtung des langgezogenen, schmalen Raums ist vollständig dem maritimen Thema gewidmet. Fließende, wellenartige Formen, deren Oberflächen mit Mosaiken in unterschiedlich blauen Pastellfarben verkleidet sind. Die Sitzbänke zu beiden Seiten des Dampfbads sind wunderbar warm und meine müden Glieder schmiegen sich perfekt an die Form, nachdem ich mich in der hinteren Ecke niedergelassen habe. Augenblicklich entspannen sich meine Muskeln und ich kann förmlich fühlen, wie sich meine Poren im wohltuenden Dampf öffnen. Als am anderen Ende des Raums die Tür aufgeht, schließe ich meine Augen, um die eintretenden Gäste auszublenden. Herrlich. Das ist genau das, was mein Körper nach der emotionalen Anspannung der letzten Zeit braucht. Ich lehne mich weiter zurück, gönne auch meinem Nacken Entspannung. Gerade als ich dabei bin, mich auf ein tropisches Eiland zu träumen, höre ich sie. Die Stimme, die mir gestern Nacht beim Stöhn- und Grunzkonzert im Nachbarzimmer schon so bekannt vorkam.

Leider kommt sie mir nicht nur bekannt vor. Ich kenne diese Stimme tatsächlich. Es ist die Stimme des Mannes, dessen Frau mir vor vier Tagen mitgeteilt hat, dass er verheiratet ist. Der Mann, der dieses romantische Wochenende eigentlich für mich geplant hatte. Der Mann, der sich herzlich wenig um seine angeblich kranke Freundin zu sorgen scheint. Der Mann, der offenbar schnell Ersatz für diese kurzfristig erkrankte Freundin gefunden hat. Der bequemerweise seine Frau statt seiner Freundin zu einem langen Wochenende in ein Spa-Hotel auf Sylt mitgenommen hat. Der Mann, der sich offensichtlich genau dieses Dampfbad zu genau diesem Zeitpunkt ausgesucht hat, um in seine Rolle als treuer Ehemann zu schlüpfen. Der seiner Frau beweisen will, dass es niemanden sonst für ihn gibt. Der Frau, deren nackten Oberschenkel er gerade streichelt. Und deren Hals er küsst. Ooookay. Mir wird übel. Meine Muskeln sind jetzt wieder alles andere als entspannt, meine Poren haben sich diesem Anblick verschlossen. Ich kann es ihnen nicht verübeln. Mein ganzer Körper signalisiert mir: Nichts wie raus hier.

Eine Säule links neben mir verdeckt mich und nimmt den beiden die Sicht auf mich. Noch nie war ich dankbarer für eine Schlamm-Maske als in diesem Moment.

Sobald ich mich aber Richtung Ausgang aufmache, muss ich unweigerlich direkt an ihnen vorbei. Wie groß sind wohl die Chancen, dass er mich nicht erkennt?

Also bleibe ich einfach sitzen? Kein Problem. Wie lange ist gleich die empfohlene Aufenthaltsdauer in einem Dampfbad? Kaum habe ich darüber nachgedacht, komme ich mir schon vor wie ein Hummer, der auf sein kulinarisches Schicksal wartet. Ich linse möglichst unauffällig um die Säule herum. Karsten inspiziert mit Fingern und Mund gerade sehr genau das linke Ohr seiner Frau. Als seine Zunge ins Spiel kommt, weiß ich: Das ist mein Moment. Jetzt oder nie. Geräuschlos aufstehen, langsam und möglichst unauffällig an den beiden vorbei, mit Schwung die Tür auf und dann den Turbo einschalten.

In der Theorie gelingt mein Fluchtversuch deutlich besser als in der Praxis. Denn sobald ich aufstehe, ist mein Kreislauf komplett überfordert. Ich schwanke und meine Sicht verschwimmt. Auf wackligen Beinen schleiche ich vorwärts, kriege den Türgriff zu fassen und ziehe. Nichts rührt sich. Meine schwitzigen Hände ziehen kräftiger. Die Tür rührt sich keinen Zentimeter. Leichte Panik macht sich in mir breit und führt dazu, dass ich noch mehr schwitze. Nur mit Mühe kann ich einen Hilfeschrei zurückhalten.

In dieser Sekunde scheint wieder etwas Blut in meinen Kopf zurückgekehrt zu sein und endlich dämmert es mir, dass die Tür eventuell, möglicherweise, vielleicht nach außen aufgeht.

Und das tut sie. Juhu! Freiheit! Ich stürze vorwärts und werde von einer definierten Brustmuskulatur und der Andeutung eines Sixpacks gestoppt. Durch den Zusammenprall mit diesem Berg aus Muskeln löst sich mein Handtuch und verabschiedet sich in Richtung Boden. Oh nein! Nein, nein, nein! Jetzt fehlt nur noch, dass Karsten aus dem Dampfbad kommt.

So schnell wie noch nie in meinem Leben gehe ich in die Hocke. Auf dem Boden kauernd versuche ich, mein widerspenstiges Handtuch irgendwie wieder um meinen nackten Körper zu schlingen.

Ich schiele nach oben zu dem Mann, dessen Sixpack mich gestoppt hat.

»Augen schön geradeaus«, sage ich mit fester Stimme. »Oder noch besser, schauen Sie an die Decke.«

Ich kann zwar von hier unten ein Grinsen erahnen, aber er verkneift sich zumindest jeglichen Kommentar. Erst als ich mich wieder aufgerichtet habe, das Handtuch im Klammergriff um meinen Körper gewickelt, wird mir bewusst, vor wem ich hier stehe.

»Was für eine Freude«, seufze ich und verdrehe die Augen.

Die Augen von Mr. Sexy wiederum, … ähm, ehemaligem Mr. Sexy …, gleiten anerkennend über meinen Körper. »Die Freude ist ganz meinerseits.«

Wieso meldet sich ausgerechnet bei diesem Rüpel und in einer so peinlichen Situation mein Körper mit einem verdächtigen Kribbeln, das sich von meiner Bauchgegend aus langsam weiter ausbreitet? Da ist das Memo mit dem Hinweis, dass wir gerade ganz andere Probleme haben, wohl noch nicht angekommen.

Kapitel 6

Karsten ist hier! In diesem verdammten Hotel. Mit seiner Frau. Da habe ich also meine Antwort, die die allerletzten Zweifel vollständig ausräumt, ob der Anruf vor vier Tagen mir galt. Ich bin kurz davor, wie ein Kleinkind wütend mit meinem Fuß aufzustampfen, damit der Fahrstuhl endlich seine Türen für mich öffnet und ich eine Chance habe, aus dem Spa-Bereich zu verschwinden, bevor es hier zu einer unangenehmen Szene kommt. Meinen Freund, nein, meinen Ex-Freund damit zu konfrontieren, dass er mich mit seiner Frau betrügt, ist ganz sicher kein Punkt auf meiner Bucketlist!

Endlich ertönt das herbeigesehnte *Pling* und ich rette mich samt Hotelbademantel und Schlammmaske in die Fahrstuhlkabine. Schwer atmend lehne ich mich an die Wand aus Metall und suche mit zittrigen Fingern in den Taschen des Bademantels nach meinem Smartphone.

Mein Anruf bei Lena landet sofort auf der Mailbox. »Karsten ist hier im Hotel«, schreie ich in mein Telefon. »Mit seiner Frau! Kannst du dir das vorstellen? O mein Gott. Ich muss sofort abreisen. Oder? Am besten fange ich direkt an zu packen. Lena, ruf mich zurück. Ich dreh hier gleich durch!«

Wie ein aufgebrachter Tiger im Käfig laufe ich in meinem Hotelzimmer auf und ab. Ich glaube, ich hyperventiliere. Mir ist übel, meine Arme fühlen sich taub an. *Krieg jetzt bloß keinen Kreislaufkollaps, Louisa.*

Meditation soll beruhigend wirken, oder? Das ist ein guter Zeitpunkt, diese Behauptung einem Praxistest zu unterziehen. Eine Minute später sitze ich mit einem Kissen unterm Po im Schneidersitz auf dem Hotelbett. Einatmen, eins, zwei, drei, vier. Ausatmen, eins, zwei, drei, vier. Einatmen, eins, zwei, drei, vier. Ausatmen, eins, zwei, drei, vier. Einatmen … schläft jetzt etwa schon mein linker Fuß ein? Ich versuche, meine Beine zu entknoten und eine andere Sitzhaltung zu finden. Puh, so funktioniert das nicht. Aber habe ich nicht gelesen, dass man auch im Liegen meditieren darf?

Einfach ausstrecken, Wirbelsäule entspannen, Nacken dehnen und einatmen. Eins, zwei, drei, vier. Ausatmen, eins, zwei … Mit einem dezenten *Ping* kündigt mein Smartphone eine eingehende Nachricht an. Sofort schrecke ich hoch und greife in der Hoffnung auf eine Nachricht von Lena nach meinem Telefon. Leider ist es nur meine Mutter, die wissen möchte, ob ich schon in meinen Flow gefunden habe, was das Yoga betrifft. Ich sinke zurück aufs Bett. Nicht ablenken lassen. Einatmen, ein, zwei, drei. *Ping.* Ausatmen. *Ping.*

Meine Mutter schreibt gern Stakkato-Nachrichten, anstatt ihre Gedanken in einer zusammenzufassen. Immer, wenn ich sie leicht genervt darauf anspreche, sagt sie, ihre Gedanken müssten fließen. Was auch immer das heißen soll.

Okay, neuer Versuch. Einatmen, eins, zwei, drei, vier. Ausatmen, eins, zwei, … Oh, Mist! Ich habe die Schlammmaske noch im Gesicht. Schnell ab ins Bad und die trockene Kruste von meiner Haut abnehmen. Wenn ich schon in der Vertikalen bin, nutze ich die Gelegenheit und tausche den Hotelbademantel gegen ein weites Shirt und bequeme Leggings.

So, jetzt versuchen wir das mit der Meditation nochmal richtig. Hinlegen, entspannen. Einatmen, eins, zwei, drei, … Wieso hat Karsten sich in all diesen Monaten nicht für mich entschieden? *Nein, Louisa, mit so einem lügenden Betrüger willst du doch gar nicht zusammen sein!* Aber wieso zum Teufel habe ich mich so sehr täuschen lassen? Bin ich zu naiv?

Als wir anfingen, uns zu verabreden, als wir uns zum ersten Mal geküsst haben, als wir zum ersten Mal zusammen die Nacht verbrachten, habe ich Karsten nie gefragt, ob es da noch jemand anderen gibt. Ich bin davon ausgegangen, dass dem nicht so ist. Bin ich generell zu gutgläubig?

Stopp!, höre ich die Stimme meine Mutter in meinem Kopf. *Komm zurück ins Hier und Jetzt, Louisa.* Puh, da bin ich wohl ganz schön abgedriftet. Vielleicht ist Meditation für mich als absolutem Entspannungsneuling zu schwierig? Angeblich braucht man sehr viel Übung, um gut meditieren zu können. Möglicherweise ist Yoga der bessere

Einstieg für mich? Soll ja beruhigend und stärkend auf Körper und Geist wirken. Also genau das, was ich jetzt brauche.

Ich rolle mich aus dem fantastisch weichen Bett. Auf dem Weg zum Kleiderschrank stoße ich meinen nackten Zeh an einem Sessel. Autsch! Leise vor mich hin fluchend krame ich die Yogamatte meiner Mutter aus dem Schrank und breite sie auf meinem Balkon aus. Vielleicht hilft eine andere Location meinem Geist beim Abschalten. Schadstoffarme Inselluft und der Blick übers Wattenmeer können zumindest nicht schaden. Das Meer ist netterweise auch da, somit höre ich sogar ein leichtes Wellenplätschern. Alles in allem das am meisten beruhigende Setting, das ich mir hätte aussuchen können. Lediglich seine Wirkung lässt aktuell noch auf sich warten. Aber die stellt sich bestimmt ein, wenn ich mit den Übungen anfange.

Etwas unelegant lasse ich mich auf meiner Matte nieder und wähle auf meinem Handy das YouTube-Video der Yogini aus, die meine Mutter mir als gestresster Anfängerin empfohlen hat.

»Wir beginnen mit Pranayama«, klingt es aus meinem Smartphone-Lautsprecher. Prana… was?

»Bei der Vollatmung verbinden sich Brustatmung, Flankenatmung und Zwerchfellatmung und helfen uns dabei, unser Lungenvolumen voll auszuschöpfen.« Atmen, na toll! Weil das ja gerade schon so gut funktioniert hat.

Nach einigen Fehlversuchen habe ich aber tatsächlich raus, wie ich zunächst in den Bauch, dann in die Rippengegend und schließlich in den Bereich rund um mein

Brustbein atme. Fühlt sich gar nicht schlecht an, den Atem so durch den Oberkörper fließen zu lassen.

Mein Baum ist bestimmt eine Espe, so zitternd und wackelnd wie ich diese Körperhaltung ausführe. Als eingerolltes Blatt fühle ich mich definitiv wohler! Die Kriegerin meistere ich wie eine Musterschülerin und auch beim gestreckten Dreieck kann mir niemand so schnell was vormachen. Gerade versuche ich mich am Halbmond, der harmloser klingt, als er ist. Vor allen Dingen, weil ich dabei auf nur einem Bein stehen soll. »Beim nächsten Ausatmen beugen Sie das rechte Knie«, instruiert mein Smartphone und ich folge brav den Anweisungen. »Bewegen Sie Ihren linken Fuß etwas zum rechten hin. Jetzt setzen Sie die Fingerkuppen Ihrer rechten Hand auf dem Boden auf. Heben Sie das linke Bein in die Waagrechte und strecken Ihr rechtes Bein durch. Ihr linker Arm zeigt senkrecht nach oben. Heben Sie nun die linke Hüfte an …«

»Kasi!«, klingt es plötzlich in einer unangenehm hohen Tonlage ganz aus der Nähe. »Kasilein, du hast mir eine Massage versprochen!«

Mein Halbmond gerät ins Wanken.

»Kasi-Schatz, ich zieh mich schon mal aus«, trällert es schrill aus der offenen Balkontür der Suite nebenan.

Verzweifelt versuche ich, die Körperspannung zu halten.

»Eine Sekunde, mein Bienchen, ich bin sofort bei dir.«

Nein! Schon wieder diese verdammte Stimme! Ich kriege gerade noch das Balkongeländer zu fassen, um nicht seitlich wegzukippen. Das darf nicht wahr sein. Karsten und sein Frauchen sind im Nebenzimmer. Als stünde mein Hintern in Flammen, springe ich zurück in meine Suite, schließe in Windeseile die Balkontür und gleich auch noch alle Vorhänge. Mein Herz donnert in meiner Brust, kurz habe ich das Gefühl, nicht gut atmen zu können.

Nach einigen Minuten in meinem dunklen Hotelzimmer beruhigen sich Herzschlag und Atmung zumindest soweit, dass ich wieder in der Lage bin, einen Gedanken zu fassen. Leider keinen schönen.

Was habe ich bloß angestellt, um so ein mieses Karma zu verdienen?

Vor Schreck lasse ich fast mein Handy fallen, als Lena mich schließlich zurückruft.

»Er ist hier«, flüsterschreie ich ins Telefon, da ich mir nach den beiden Nummern im Nachbarzimmer gestern Abend recht sicher bin, dass die Wände hier nicht besonders gut schallisoliert sind. »Karsten ist verdammt nochmal im gleichen Hotel. Im Nebenzimmer, um genau zu sein. Und er hat seine Frau zu unserem Wochenende mitgenommen. Zu unserem ersten gemeinsamen Urlaub!« Fast fange ich wieder an zu hyperventilieren. »Kannst du dir das vorstellen?! Er macht sich hier eine schöne Zeit! Mit seiner Frau!«

»Louisa …«, kommt es beschwichtigend von Lena.

Ich jedoch rede einfach weiter, brauche diesen Moment, um meinen Frust herauszulassen. »Mir säuselt er vor, dass er mich vermisst, während er hier den verliebten Ehemann spielt. Unfassbar!«

»Louisa«, unterbricht mich Lena nun energisch. »Das ist nicht seine Frau.«

Für einige Sekunden bleibt es still und ich höre nur meinen eigenen Atem, der stoßweise geht. »Woher willst du das wissen?«, fahre ich meine beste Freundin an und sofort tut mir mein schneidender Tonfall leid.

Ich höre, wie Lena tief Luft holt. »Karstens Frau ist in Frankfurt«, sagt sie mit beruhigender Stimme, als würde sie mit einem wilden Tier sprechen. »Und das weiß ich leider so genau, weil sie mir in diesem Augenblick gegenübersitzt.«

Mein Blut rauscht laut in meinen Ohren.

Kapitel 7

Das kann nicht euer Ernst sein!« Wenn ich weiter so energisch in meinem Zimmer auf und ab tigere, laufe ich noch eine Furche ins Parkett.

Lena und die Frau, die mir vor wenigen Tagen mitteilte, dass Karsten verheiratet ist, versuchen mich zu überzeugen, nicht sofort abzureisen. Die beiden sitzen in Lenas Kanzlei und haben mich Nervenbündel auf Lautsprecher geschaltet, damit wir zu dritt das weitere Vorgehen besprechen können, wie Lena es nennt. Ein Vorgehen, gegen das ich mich vehement sträube. Obwohl mir Karstens Ehefrau Stephanie schon nach wenigen Sätzen sehr sympathisch ist, kann ich mich nicht mit der Vorstellung anfreunden, noch länger hier im Hotel neben diesem Ehebrecher und seiner Geliebten Nummer zwei zu wohnen.

»Aber Louisa, verstehst du nicht, dass das perfekt für uns ist? Das verschafft uns einen enormen Vorteil. Bitte, bitte, bitte sag, dass du bleibst«, kommt Lenas flehentliche Stimme aus meinem Telefon. Für zwei Sekunden hasse ich sie dafür, denn sie weiß ganz genau, dass ich ihr kaum etwas abschlagen kann. Zumal die Beweggründe der beiden für mich bestens nachvollziehbar sind.

Stephanie und Karsten sind seit sechs Jahren verheiratet und auch geschäftlich miteinander verbandelt, da Karsten als Berater für das Unternehmen von Stephanies Familie tätig ist. Einer zumindest in Wirtschaftskreisen sehr prominenten Familie. Eine Familie, die größten Wert auf Diskretion legt und nicht möchte, dass die Scheidung der einzigen Tochter in einer öffentlichen Schlammschlacht endet. Eine Familie, die sehr vermögend ist und kein Interesse daran hat, die außerehelichen Aktivitäten des Schwiegersohns im Rahmen eines Zugewinnausgleichs auch noch zu vergolden. Laut Lena war Stephanies Anruf bei mir vor einigen Tagen mehr als leichtsinnig. Aber nun soll uns die Tatsache, dass ich über Karstens wahren Beziehungsstatus Bescheid weiß, ganz wunderbar in die Karten spielen.

Für Stephanie ist es enorm wichtig, genügend kompromittierende Informationen über Karsten zu sammeln, um eine außergerichtliche Einigung zur Vermögensaufteilung zu erlangen. Und ich soll bei ebendieser Informationsbeschaffung eine tragende Rolle einnehmen.

»Noch vor zwei Tagen hast du vehement versucht, mich dazu zu bringen, sofort mit Karsten Schluss zu machen und jetzt soll ich was? Ihn hier auf Schritt und Tritt überwachen, während ich zeitgleich die Freundin spiele, die mit einer Magen-Darm-Grippe in Frankfurt im Bett liegt? Wie stellst du dir das denn vor?!« Ich darf ihn nicht am Telefon anschreien oder ihm per SMS die Pest an den Hals wünschen? Nichts von alledem, was man gern tun würde, wenn einem der Partner die kleine Nebensächlichkeit seiner Ehe verschweigt? Beim Gedanken daran, Karsten und seine neueste Gespielin tagelang zu beobachten, verkrampft sich mein Körper. »Das kann ich nicht«, flüstere ich.

»Süße, du hast dich schon längst entschieden, uns zu helfen.« Lena kennt mich zu gut. Natürlich lasse ich sie in so einer Situation nicht hängen. »Du schaffst das«, macht sie mir Mut. »Nutze die Kraft deines Schmerzes. Sei wie ein Shaolin-Mönch.«

Wo hat sie das denn her?

»Wer weiß«, fährt sie unbeirrt fort, »vielleicht will dir das Universum mit dieser ganzen Sache etwas mitteilen. Du verstehst es zum jetzigen Zeitpunkt nur noch nicht.«

O Gott. Ich rolle mit den Augen, was sie natürlich nicht sehen kann. »Lena«, sage ich laut, »bitte erzähl nicht solchen esoterischen Unsinn. Dafür ist meine Mutter zuständig. Sag mir lieber, wie ich die beiden beobachten soll, ohne dass Karsten mich erkennt.«

»Mach dir darüber keine Sorgen, Süße«, sagt Lena selbstbewusst. »Ich habe eine phänomenale Idee.«

***

Das Leihfahrrad des Hotels ist ein charmantes Hollandrad mit blassblauem Rahmen und einem Fahrradkorb aus Stroh am Lenker. Schon nach den ersten Metern mit meinem neuen Gefährt bin ich schockverliebt. Seit meiner Studentenzeit saß ich nicht mehr auf einem Rad.

Hm, vielleicht wären Hosen doch besser gewesen. Ich sehe auf mein hellgelbes Sommerkleid, das zwar wunderbar zum Babyblau des Fahrrads passt, aber beim Fahren nun doch ein wenig unpraktisch ist. Ach, egal, ich will ja sowieso gleich einige neue Klamotten besorgen, in denen mich Karsten nicht vermutet. Bis dahin werde ich sicherlich mit dem Kleid auch beim Radfahren zurechtkommen. Ist ja schließlich keine Raketenwissenschaft.

Mit Schwung nehme ich die Kurve in der Hoteleinfahrt, um fast auf der Kühlerhaube eines Cabrios zu landen, das um die Ecke brettert. Durch mein Ausweichmanöver aus der Balance geraten, landen mein Rad und ich in den wunderbar duftenden Heckenrosen, die die Einfahrt säumen. Noch etwas benommen versuche ich mich aufzurappeln. Die Rosen riechen zwar ganz fantastisch, aber sie haben auch unzählige Stacheln, die gerade meine nackten Beine zerkratzen. *Autsch.*

Der Rock meines Sommerkleides hat sich in einigen Dornen verfangen und meine Strickjacke muss ich ausziehen, da ich sonst meinen Oberkörper nicht aus der Hecke befreien könnte. Mühsam versuche ich, die berühmten Sylter Rosen davon zu überzeugen, meine Kleidungsstücke wieder herzugeben. Gerade habe ich einen Ärmel der Strickjacke relativ unbeschädigt von einem Zweig gelöst, als mein Rock auf Taillenhöhe an Stacheln hängenbleibt und ich das Gleichgewicht verliere. Freudig empfängt mich der duftende Rosenbusch erneut in seinen Armen.

Anzugbeine treten in mein Gesichtsfeld.

»Vielleicht ist das Karma«, höre ich eine samtig-tiefe Männerstimme sagen. Karma. Schon wieder. Könnte an dieser Theorie doch etwas dran sein?

Ich schirme meine Augen mit einer Hand vor der Sonne ab, um sehen zu können, zu wem die Beine gehören.

Oh, no. Bitte nicht.

»Womit habe ich das nur verdient«, stöhne ich verzweifelt.

»Karma. Sagte ich doch schon«, kommt es von Mister ehemals bekannt als sexy. Der übrigens keinerlei Anstalten macht, mir aufzuhelfen. Vielmehr scheint ihn mein andauernder Flirt mit der Rosenhecke sehr zu amüsieren.

Wütend funkele ich ihn an. »Ach so, Meister Rücksichtslos ist plötzlich Experte für kosmisches Gleichgewicht. Wenn es sich hierbei also um das Prinzip von Ursache und Wirkung handelt, müssten dann nicht Sie an meiner Stelle hier in den Rosen liegen? Oder zumindest ihre Angeberkarre eine hübsche Schramme abbekommen haben?«

»Ist nur ein Mietwagen.« Er macht eine wegwerfende Handbewegung. »Und nur zur Erinnerung: *Sie* haben *mich* mit Backwaren beworfen.«

»Einzahl«, sage ich.

Er schaut mich verständnislos an.

»Keine Backwaren. Nur *eine* Ware. Ein kleines, unschuldiges Pain au Chocolat. Genaugenommen nur ein Rest davon. Gut verpackt in einer Bäckertüte. Aus Papier.« Das letzte Wort ziehe ich lang und bemühe mich um einen möglichst abschätzigen Blick. »Hat nicht mal Krümel auf Ihrem Designeranzug hinterlassen. Also machen Sie hier nicht so einen Aufriss. Sie hingegen hätte ich locker wegen fahrlässiger Körperverletzung drankriegen können.«

»Bitte?!« Seine braunen Augen verengen sich zu Schlitzen.

»Rücksichtlos *und* ignorant.« Tadelnd schüttle ich den Kopf. »Wie gut, dass hierzulande Unwissenheit nicht vor Strafe schützt.«

»Wovon zum Teufel reden Sie denn?«

Zeit, dass der Typ nicht nur die Irre mit der Backware kennenlernt, sondern auch ihr Alter Ego als Anwältin. Überlegen lächle ich den rüpelhaften Mr. Sexy an. »Hämatome an Hinterkopf und Schulter sowie ein Verdacht auf Gehirnerschütterung«, spiele ich meinen blauen Fleck und die kleine Beule auf. »Verursacht durch das rücksichtslose Herausreißen Ihres Hartschalenkoffers aus der Gepäckablage.« Ich mache eine dramaturgische Pause. »Davon spreche ich.«

Stumm sieht er auf mich herunter. Vermutlich versucht er einzuschätzen, ob ich ihm gerade ein Märchen auftische. Ich beuge mich ein wenig vor, schiebe den Träger meines Sommerkleids über meine Schulter und drehe ihm meinen Rücken zu. Der Bluterguss sollte aus seiner Perspektive gut zu erkennen sein.

»Ist Ihnen das vorhin bei unserem Zusammenstoß vor dem Dampfbad gar nicht aufgefallen?«, zische ich. »Da waren Ihre Augen wohl eher auf andere Körperteile konzentriert.«

Ich kann hören, wie er scharf die Luft einzieht.

»Die Beule an meinem Kopf dürfen Sie auch gern fühlen«, setze ich noch eins drauf.

Mr. Sexy geht in die Hocke und sieht mir direkt in die Augen. »Das vorhin im Spa waren Sie?«

Mist. Vermutlich hatte er mich wegen meiner hübschen Schlammmaske gar nicht erkannt und ich Trottel stelle jetzt für ihn die Verbindung her. *Glanzleistung, Louisa!*

Vorsichtig streckt der Mann vor mir die Hand aus und berührt ganz sanft die Ränder des großen blauen Flecks auf meinem Schulterblatt.

»Es tut mir sehr leid«, sagt er mit dieser Stimme, die wie Samt über meine Haut streichelt, wenn er spricht. Er sieht dabei so reumütig aus, dass ich ihm seine Entschuldigung wirklich abnehme. Aber so ganz will ich ihn noch nicht vom Haken lassen.

»In meinem Fall war das ganz klar eine Handlung im Affekt. Keine Schäden an Ihrem Kopf, die vorher noch nicht dagewesen wären, keinerlei Verunreinigung Ihres Anzugs. Das wird nicht einmal als Bagatelldelikt eingestuft. In Ihrem Fall sieht das selbstverständlich völlig anders aus.« Ein Schmunzeln schleicht sich in mein Gesicht und auch seine Mundwinkel zucken.

»Was hatten Sie denn gedacht, wieso eine Fremde Sie mit einem Pain au Chocolat bewirft?«, will ich wissen.

Er antwortet nicht, legt nur den Kopf schief und mustert mich ausführlich.

»Hören Sie auf mit diesem Hundeblick. Der hilft Ihnen jetzt auch nicht mehr weiter.«

»Na dann muss ich mir wohl dringend überlegen, wie ich das wiedergutmachen kann«, sagt er, steht langsam auf und hält mir seine Hand hin.

Nachdem er mir aufgeholfen hat, versucht er sogar, meine Strickjacke aus der Klammer der Dornen zu befreien. Vorsichtig löst er Blätter, Stacheln und dünne Zweige aus der Wolle.

»Darf ich Sie vielleicht zum Mittagessen einladen?«, fragt er schließlich.

»Oh, shit«, entfährt es mir. Hektisch suche ich in meiner Handtasche nach meinem Smartphone, um einen Blick auf die Uhrzeit zu werfen. Vor fünf Minuten sollte ich bereits bei Lenas Friseurin sein.

»Mist, ich muss los. Sorry. Ich bin schon viel zu spät dran.« Ich schnappe mir mein Rad vom Boden, das zum Glück nicht allzu viel abbekommen hat, reiße Mr. Sexy meine Strickjacke aus den Händen, werfe sie in den Fahrradkorb und trete mit Kraft in die Pedale.

Kapitel 8

R osi?« Meine Verwunderung ist mir sicherlich anzu-
sehen. Denn vor mir steht ein Mann, etwa so breit
wie lang, auf dem Kopf einen Berg grauer Locken.
Sogar mit meinen eins sechzig überrage ich ihn um einige
Zentimeter. Nicht ganz das, was ich beim Namen Rosi im
Frisiersalon Hansen erwartet hatte.

»Dat bin isch, Mädsche.« Rosi lacht so sehr, dass sein
ganzer Körper wackelt, und zieht mich in eine Umarmung.
Dabei habe ich mich noch nicht einmal vorgestellt.

»Ich bin Louisa Feldmann«, sage ich, immer noch an
seinen rundlichen Oberkörper gepresst. »Ich komme auf
Empfehlung von …«

»… unserem Freifräulein von Hagen«, beendet Rosi
übers ganze Gesicht strahlend meinen Satz. »Dat Lensche
hat mich jerade anjerufen und disch anjekündigt, Schätzelein.« Er schiebt mich vor sich her in einen Nebenraum,
dessen zwei hell beleuchtete Frisier- und Make-Up-Statio-
nen überquellen vor Bürsten, Kämmen, Klammern und
Schminkutensilien. So in etwa stelle ich es mir Backstage
während einer großen Fashionshow in Paris vor.

Rosi dirigiert mich auf den linken der beiden Plätze und löst sofort meinen Pferdeschwanz. Mit beiden Händen greift er in meine Haare. »Na dann wolle mir disch mal uff links drehe. Anweisung vom Freifräulein.«

Okay, jetzt kriege ich es ein wenig mit der Angst zu tun. Was genau hat Lena ihm denn gesagt? Ich brauche doch nur jemanden, der mir bei einer temporären Verkleidung hilft.

»Ähm, also«, ich ringe nach den richtigen Worten. »Es wäre prima, wenn ich Ihre Profiunterstützung bei einer kleinen Spionageaktion bekommen könnte.«

»Spionage?«, kommt es hinter mir wie aus der Pistole geschossen. »Bin janz Ohr!«

Während ich erkläre, was sich in den letzten Tagen in meinem Leben ereignet hat und wobei genau ich seine Hilfe brauche, gibt Rosi mir eine Kopfmassage. Wohlig seufzend lehne ich mich in meinem Stuhl zurück.

»Dat Lensche hat disch zum Besten auf der Insel je-schickt. Bist in juten Händen«, sagt Rosi hinter mir, als ich meine Geschichte beendet habe.

»Sie klingen nicht wie ein gebürtiger Sylter.«

»Nä.« Rosi lacht wieder dieses Ganzkörperlachen. »Mir ausm Rheinland wussten schon immer, wo et schön is.« Er zwinkert mir im Spiegel zu.

»Darf ich fragen, woher der Name Rosi kommt?«

Wieder wackelt es hinter mir vor Lachen. »Hast aber lang jebraucht, bis du die Frage stellst. Rosi is die Ab-kürzung von Rosinski. Reginald Rosinski is der hübsche Name, den sich meine Eltern für mich ausjesucht haben. Und weil kein Kindergartenkind Reginald aussprechen konnt, bin ich schon seit mehr als fünfzig Jahren der Rosi.«

Und genau dieser Rosi weigert sich nun beharrlich, meine Haare mehr als nur ein paar Zentimeter abzuschneiden oder sie mir dunkel zu färben. Das mit der Notwendigkeit zur äußerlichen Veränderung hat er wohl doch nicht verstanden.

»Rosi«, versuche ich es nochmals. »Wenn mich Karsten gleich erkennt, dann können Lena und ich unseren schönen Plan in die Tonne kloppen.«

»Liebsche, du willst doch nit diesem Kerl, der dir schon so viel Kummer jemacht hat, auch noch deine Mähne opfern. Für dieses Naturblond in dieser Länge würden dir vermutlich jar nit mal so wenige Frauen anbieten, den Karsten für disch kalt zu machen.«

Ich stöhne und werfe Rosi im Spiegel einen bittenden Blick zu.

»Dat heißt aber nit, Schätzelein, dat mir disch nit in jemand janz anderen verwandeln können.« Stolz präsentiert er wenige Momente später eine Echthaarperücke in einem edlen Kastanienbraun. Sobald Rosi meine blonden Haare unter dem kinnlangen, fransigen Pagenschnitt mit Pony versteckt hat, erkenne ich mich selbst kaum wieder. Und er ist noch lange nicht fertig mit mir.

An den Außenseiten meiner Lider bringt Rosi künstliche Wimpern an und zeigt mir, wie ich das auch selbst hinkriege. Dann tuscht er meine Wimpern tiefschwarz, was für mich ganz ungewohnt ist, da ich selbst immer Brauntöne verwende, um nicht zu viel Kontrast zu meinen sehr hellen Augen zu erzeugen. Im Alltag mit meinen blonden Haaren, leicht gebräuntem Teint und den wasserblauen Augen sieht das schnell sehr angemalt aus. Aber in der Kombination mit diesem sensationellen Schnitt und der Farbe der Perücke passt es ganz wunderbar. Ich kann das Lächeln in meinem Gesicht gar nicht mehr abstellen, was auch Rosi bemerkt.

»Zufrieden, Schätzelein?«

Ich drehe meinen Kopf, um mich auch im Profil betrachten zu können, und nicke, immer noch völlig erstaunt über diese Transformation.

»Dabei sind wir noch jar nit fertisch. Pass uff!« Mit geübtem Handgriff dreht er meinen Kopf wieder nach vorn, beugt ihn leicht zurück und befreit meine Stirn mit einigen Haarklammern von ihrem neuen Pony. Was dann folgt, könnte locker auch in einer bekannten TV-Show stattfinden. In nur fünf Minuten vervollständigt Rosi mein Make-Up – und zwar so, dass ich tatsächlich nur noch bei sehr genauem Hinsehen als ich selbst zu erkennen bin. Dabei sieht mein Gesicht nicht einmal zugekleistert aus. Mein Hirn begreift erst nach und nach, was es da im Spiegel sieht.

»Na, Schätzelein, brauchste nen Schnaps?« Rosi legt seine Hände auf meine Schultern und lächelt mich im Spiegel zufrieden an. Vorsichtig betaste ich meine Perücke, lasse einzelne dunkle Strähnen durch meine Finger gleiten. Dann rücke ich näher an den Spiegel heran, um mein Augen-Make-Up zu begutachten.

»Wieso sehen Smokey-Eyes von dir so aus, als müsste das genau so sein und als könne man die problemlos auch tagsüber tragen? Und wenn ich mich da alle Jubeljahre rantraue, wirkt es wie ein armseliger Versuch, mir ein Pandagesicht für Fastnacht zu schminken?« Ich blinzle zu Rosi hoch und klimpere mit meinen neuen Wimpern. »Sorry, ich meine natürlich für Karneval.«

Rosi klimpert erfreut zurück und da ich dem Karneval gehuldigt habe, darf ich ihm zu Contouring und der besten Pflege für meine neue Perücke noch Löcher in den Bauch fragen.

Eine halbe Stunde später verlasse ich als zumindest im Kopfbereich runderneuerte Louisa 2.0. den Frisiersalon Hansen – oder wie ich ihn ab sofort nennen werde: Rosis Zauberkugel.

Ob meine Perücke auch dem stürmischen Nordseeinselwetter standhält, kann sie bei meiner kleinen Radtour nach Kampen direkt unter Beweis stellen. Ohne Zeit zu vergeuden, mache ich mich auf zu Empfehlung Nummer zwei meiner besten Freundin, was die Vollendung der Transformation in Louisa 2.0 betrifft.

Nachdem Lenas Haar- und Make-Up-Magier Rosi schon so ein Verwandlungswunder an mir vollbracht hat, wage ich mir gar nicht auszumalen, was ihre Modefee Madeleine aus mir zaubern wird.

Meine Perücke – ich habe sie inzwischen liebevoll Fiffi getauft, was Rosi bestimmt gefallen würde – und ich haben die windige Fahrt ins teuerste Dorf Deutschlands überstanden und stehen jetzt ein wenig zerzaust in Madeleines Modeatelier.

Madame Madeleine ist eine sehr große, sehr dünne Dame Anfang sechzig, die mit ihren Augen gerade jeden Zentimeter meines Körpers inspiziert. Wie ein Hai seine Beute umrundet sie mich und zupft hin und wieder

Blätter des Rosenstrauchs aus meiner derangierten Strick-jacke. Mit einem langen Blick auf meine zerkratzten Beine beendet die Modeexpertin ihre Inspektion meiner Person.

Nervös verlagere ich mein Gewicht von einem Fuß auf den anderen. Endlich sieht Madeleine mir in die Augen. »Tragen Sie häufig Kleider oder was ist Ihr Lieblingsoutfit im Alltag?«

Nachdenklich schaue ich auf mein Sommerkleid hinab. Ein Geschenk meiner Mutter und eines von nur zwei Klei-dern, die sich überhaupt in meinem Besitz befinden. Ich trage es heute nur, weil ich diesen herrlich wolkenlosen Tag nutzen wollte, um etwas Sonne an meine Haut zu lassen. Mein zweites Kleid ist ein Etuimodell in schwarz, das sich nicht nur hervorragend für einen Abend an einer Hotelbar macht, sondern auch für Firmenfeiern und Be-erdigungen wunderbar geeignet ist.

»Hosenanzüge.« Ich lächle beschämt. »Ich trage sehr häufig Hosenanzüge. In grau, schwarz und dunkelblau.«

Erkenne ich da einen Anflug von Ekel im Blick der Boutiquebesitzerin?

»Nun, vielleicht können wir Ihrem Look ein klein wenig mehr Leichtigkeit verpassen. Ich dachte an etwas Maritim-Verspieltes mit einem Hauch Côte d'Azur.«

Aha.

Nach mehr als drei Stunden ist Madame Madeleine end-lich davon überzeugt, diesen speziellen Look für mich ge-funden zu haben. Völlig erschöpft verlasse ich mit sieben neuen Outfits und etlichen tausend Euro weniger in der Tasche die Kampener Boutique.

Es ist inzwischen schon sechzehn Uhr, mein Magen hängt mir in den Kniekehlen. Wenn ich nicht bald etwas zu essen bekomme, droht womöglich eine ähnliche Situation wie damals in der Frankfurter U-Bahn. Zum Glück verrät mir eine App, dass es ganz in der Nähe ein Deli mit durchgehend warmer Küche gibt. Ha, ein Deli, also eine Art Feinkostgeschäft, das auch einige Gerichte anbietet – wer hätte gedacht, eine solche Lokalität in diesem Nobelort zu finden?

Um mich an den Kleidungsstil von Louisa 2.0 zu gewöhnen, habe ich eines der von Madame Madeleine kreierten Outfits gleich anbehalten. So schlendere ich, verkleidet als Filmdiva der sechziger Jahre, in Wedges mit Korkabsatz, hochtaillierten Shorts, einem enganliegenden Oberteil mit U-Boot-Ausschnitt, einer riesenhaften Sonnenbrille und einem zum Haarband gefalteten Seidenschal in meiner Perücke durch die Ortsmitte von Kampen. Ich bin froh, dass das Oberteil lange Ärmel hat, denn trotz des wunderschönen Spätsommertags ist es nur an sonnigen, windstillen Fleckchen sommerlich warm.

Das Reetdachhäuschen, in dem sich das Deli befindet, ist zur großen Freude meines Magens schnell gefunden und die an der Theke ausgeschriebenen Speisen klingen allesamt verführerisch. Ich entscheide mich für den Fischeintopf und gehe mit der großzügig befüllten Schale auf die sonnige Terrasse vor dem Lokal. Hier ist es fast windstill und ich genieße die Sonnenstrahlen auf meinen Beinen, während ich genüsslich den Eintopf koste.

Frisch gestärkt mache ich mich kurze Zeit später mit meinem unter den vielen Taschen kaum noch erkennbaren

Hollandrad auf, den älteren Teil Kampens zu erkunden. Hier auf der Wattseite stehen schnucklige Friesenhäuser, die mich an die Reetkate von Lenas Onkel erinnern. Weil ich auf meinem voll beladenen Drahtesel nicht so schnell vorwärtskomme, habe ich auch endlich Gelegenheit, die Natur um mich herum zu bewundern. Gräser und Heckenrosenbüsche säumen den Radweg, ihre Zweige und Blätter rascheln im Wind, geben immer wieder den Blick frei auf Holzstege, die ein Stückweit ins Wattenmeer führen. Das Salz in der Luft kann ich auf meiner Zunge schmecken.

Ich mache extra einen kleinen Umweg, um einer von Finns Empfehlungen zu folgen. Die Braderuper Heide ist noch schöner, als ich sie mir nach den Erzählungen meines neuen Lieblingsbarkeepers vorgestellt habe. Ich schiebe das Fahrrad durch ein lila Blütenmeer, das gesäumt wird von verschiedenen Gräsern und grünen, stacheligen Sträuchern. Ich bin allein auf einem Weg, der immer wieder Aussichtspunkte auf das glitzernde Wattenmeer bietet. Und erst dieser Duft, der über der gesamten Landschaft liegt. Mir zaubert dieser kleine Ausflug in das Naturschutzgebiet jedenfalls ein breites Lächeln ins Gesicht. Ich genieße die Zeit in der Heidelandschaft, bis am Abend der Wind ordentlich auffrischt und mich mit zentimeterdicker Gänsehaut an meinen nackten Beinen auf den Rückweg in den Inselnorden treibt.

Kapitel 9

In einen Hauch Côte d'Azur gehüllt, mache ich mich um halb zehn abends auf den Weg in die Hotelbar. Die Verkleidung gibt eigenartigerweise meinem Selbstbewusstsein einen ordentlichen Boost und so schreite ich wie eine Femme Fatale zum Tresen, hinter dem Finn einen Cocktailshaker schwenkt.

Der Barkeeper begrüßt mich wie eine alte Freundin. Das ist vermutlich kein gutes Zeichen.

»Ich bin übrigens heute nicht ich«, raune ich Finn zu, nachdem ich umständlich auf einem Barhocker Platz genommen habe.

»Aber das warst du doch gestern auch nicht, oder?« Er zwinkert mir zu, während er die Mixtur aus seinem Shaker in ein Glas gibt.

»Nein, nein,« flüstere ich aufgeregt und korrigiere unauffällig den Sitz meiner Perücke. »Ich darf ab jetzt nicht mehr als ich zu erkennen sein. Vor dir sitzt Louisa 2.0, verstehst du?«. Der Arme denkt sicherlich, die Alte an seiner Bar hat nicht mehr alle Tassen im Schrank. Aber immerhin spielt er mit. Mit einer übertriebenen Geste reicht er mir die Karte und sagt etwas zu laut: »Willkommen, die Dame! Sind Sie zum ersten Mal bei uns? Darf ich Ihnen vielleicht eine Empfehlung aussprechen?«

Dankbar lächle ich Finn an.

»Bekomme ich bitte einen *Forget the guy*?«

Diesen Duft kenne ich doch. Unweigerlich drehe ich meinen Kopf in Richtung des männlichen, würzigen Geruchs mit einem Hauch von frisch gemahlenem rosa Pfeffer. Verdammtes Karma! Mr. Sexy is back und hat zwei Plätze weiter einen freien Hocker an Finns Bar gefunden. Unauffällig schiele ich hinüber. Er hat mich nicht bemerkt. Was hoffentlich an meiner hervorragenden Verkleidung liegt.

Finn bringt ihm ein Getränk, das nach Whiskey aussieht. Der Mann, dessen Sixpack ich jetzt kenne, schwenkt den Inhalt seines Tumblers und nimmt einen kleinen Schluck. Dann sieht er Finn interessiert bei seiner Arbeit zu.

Was würde Lena tun?

Lena wäre überzeugt davon, dass dies die perfekte Gelegenheit ist, um meine Maskerade einem Stresstest zu unterziehen. Und ich neige dazu, ihr zuzustimmen. Sei nie unvorbereitet, lass dich bloß nicht mit runtergelassenen Hosen erwischen. Das sind mit die ersten Weisheiten, die man in der Juristerei lernt.

Bevor ich es mir anders überlegen kann, winke ich Finn zu mir heran. »Würdest du dem dunkelblonden Typen zwei Plätze weiter einen Drink mixen, der zu seinem Whiskeygeschmack passt, und ihm eine Nachricht von mir dazu servieren?« Schnell kritzle ich einige Worte auf eine Cocktailserviette.

»Oh, verstehe.« Finn nickt wohlwollend in Richtung Mr. Sexy. »Eine gute Wahl. Also hat *Forget the guy* schon Wirkung gezeigt.« Er zwinkert mir zu. »Na dann viel Spaß.«

Angespannt beobachte ich, wie der beste Barkeeper aller Zeiten einen Drink zaubert und ihn meinem Testobjekt zusammen mit der von mir beschriebenen Serviette kredenzt. Ich atme tief durch. Jetzt oder nie. Langsam rutsche ich von meinem Barhocker.

Here we go.

Da ich mich von hinten nähere, hat mich Mr. Sexy noch nicht bemerkt. Erst, als ich mein Getränk neben seines auf den Tresen stelle, bedenkt er mich mit einem Blick aus den Augenwinkeln. Möglichst elegant nehme ich rechts von ihm Platz.

»Guten Abend«, hauche ich.

Mit einem Kopfnicken deutet er eine Begrüßung an, sieht jedoch weiterhin lieber Finn bei der Arbeit zu, als mich zu beachten.

Ich räuspere mich und zeige auf das Getränk, das ich für ihn bestellt habe. »Sich neuen Erfahrungen komplett zu verschließen, ist ziemlich verbohrt, finden Sie nicht?« Vorsichtig hebe ich sein Glas an, ziehe die Cocktailserviette darunter heraus und drehe sie um, sodass zu lesen ist, was ich vor wenigen Augenblicken darauf geschrieben habe. *Ich habe gehört, dass sogar Whiskeytrinker offen für Neues sein können*, steht dort und ich tippe mit dem Finger auf den Spruch. Damit habe ich endlich seine Aufmerksamkeit. Überrascht dreht er sich mit dem Oberkörper zu mir, ein Schmunzeln auf den Lippen.

»Der Drink ist von Ihnen?«

Er mustert mich eingehend. Als sein Blick auf meine Augen fällt, meine ich, eine subtile Veränderung in seiner Mimik wahrzunehmen.

»Vielen Dank«, sagt er mit dieser Samtstimme, die ich schon kenne und die meinen Körper gerade mit Gänsehaut überzieht.

»Sie haben keinen Grund, sich zu bedanken.« Provozierend hebe ich eine Augenbraue. »Denn Sie haben sich dieser neuen Erfahrung ja noch gar nicht gestellt.«

Lachend hebt er sein Glas. »David.«

»Louisa.« Wir stoßen an. Ah, Mist, ich habe ihm meinen echten Namen genannt. Verdammt! Da möchte ich einmal nicht ich selbst sein, will geheimnisvoll und mysteriös wirken und vermassle es gleich zu Beginn.

David nimmt langsam einen Schluck von seinem Cocktail. »Louisa«, wiederholt er leise und es klingt, als ließe er sich meinen Namen auf der Zunge zergehen. Bei Karsten klingt das nie so. Da hört sich ein ›Louisa‹ meist irgendwie vorwurfsvoll an.

Nochmals führt er das Glas an seine Lippen. Seine sinnlichen Lippen, die aussehen, als könnten sie außerordentlich gut küssen. *Reiß dich zusammen, Louisa!*

Seine Augen suchen meine. »Vielen Dank.«

»Du magst den Drink?«

»Ja.« David dreht das Glas in seiner Hand. »Dabei weiß ich nicht einmal, was genau ich hier trinke.«

»Das weiß nur einer«, lache ich und gebe ihm einen kleinen Einblick in Finns Konzept der individuellen Cocktails. Aufmerksam hört David mir zu.

»Du bist also öfter hier?«, fragt er nach einer kleinen Pause.

»Zum zweiten Mal in dieser Bar, zum ersten Mal auf der Insel«, sage ich augenzwinkernd.

»Ganz allein?«

»Wieso denkst du, ich sei alleine hier?« Ich drehe mich ein Stück weiter zu ihm und hebe eine Augenbraue. »Vielleicht hat mein Mann gerade unsere drei wunderschönen Kinder ins Bett gebracht und ich darf mich heute Abend hier an der Bar entspannen.«

David sieht mich lange an, schwenkt die Flüssigkeit in seinem Glas. »Gibt es denn einen Mann, der gerade ein, zwei Stockwerke über uns eure drei wunderschönen Kinder ins Bett gebracht hat?« Seine braunen Augen verengen sich kurz, halten aber weiterhin meinen Blick fest.

»Nein«, flüstere ich.

Davids Lippen kräuseln sich, die Lachfältchen um seine Augen kehren zurück. »Gut. Ich hatte schon befürchtet, dies wäre der Moment, in dem ich mich zurückziehen und einem Mann mit drei wunderschönen Kindern das Feld überlassen muss.« Mit seinem Zeigefinger streicht er kurz über meine Hand, die fest mein Cocktailglas umklammert. »Und das hätte ich wirklich sehr, sehr schade gefunden.«

Ich atme hörbar ein.

Mit einem Fingerzeig ordert David kurze Zeit später weitere Drinks für uns. Als Finn die zweite Runde vor uns abstellt, nickt er mir verschwörerisch zu.

»Also, Louisa, was bringt dich heute Abend hierher?«, fragt David und klingt ernsthaft interessiert.

»Ein Ehebruch«, antworte ich unüberlegt, was Davids Kopf zu mir herüberschnellen lässt. »Oder genauer gesagt: Mein komplett verkorkstes Liebesleben und die Tatsache, dass ich meiner besten Freundin nichts abschlagen kann.« Ich merke, wie ich rot werde. »Und du?«, frage ich deshalb schnell. »Was treibst du hier auf Sylt?«

»Netter Ablenkungsversuch. Mich würden Details zu deinem verkorksten Liebesleben sehr interessieren.« Wie zufällig berührt er wieder meine Hand, was meinen Herzschlag merklich beschleunigt.

»Keine Chance«, winke ich lächelnd ab, darum bemüht, zu verbergen, dass mich seine Nähe nervös macht. »Zurück zu meiner Frage: Was führt dich auf diese Insel?«

»Ich bin gewissermaßen geschäftlich hier«, murmelt David und macht nicht den Eindruck, als würde er weiter darüber sprechen wollen. Für einige Minuten herrscht Schweigen zwischen uns, dann stupst mich David unvermittelt ganz leicht mit der Schulter an. Ich schaue zu ihm hinüber und er hat ein freches Grinsen im Gesicht.

»Du bist zum ersten Mal auf Sylt, sagtest du? Hattest du denn eine angenehme Anreise?«

Was für eine merkwürdige Frage. Klingt mehr nach dem Hotelrezeptionisten als nach einem attraktiven Typen in einer Bar. Irritiert suche ich seinen Blick.

»Alles glatt gelaufen? Keine besonderen Vorfälle?«, bohrt er nach. Immer noch weiß ich nicht, was ich mit diesen Fragen anfangen soll.

David räuspert sich. »Ist wirklich gar nichts passiert? Bei der Ankunft vielleicht? Etwas, das Spuren auf deinem Körper hinterlassen hat?«

Mist. Er hat mich erkannt. Er weiß, dass ich die Frau mit dem Pain au Chocolat bin. Meine Finger zittern leicht, als ich nach meinem Glas greife. Leider habe ich somit auch eine Antwort auf die Frage, wie gut meine Verkleidungskünste sind. Mies. Echt mies, offensichtlich. Und wenn mich ein Mann erkennt, der mich bisher nur wenige Male in seinem Leben gesehen hat, dann kann ich das Verkleiden in Karstens Gegenwart direkt sein lassen.

»Es sind die Augen, Prinzessin«, flüstert er, als hätte er meine Gedanken gelesen, und steht von seinem Barhocker auf. Seine Hand streift meinen Arm, als er nach seinem Glas greift. Sofort ist die Gänsehaut zurück, diesmal in Kombination mit einem Herzen, das in meiner Brust laut klopfend nach mehr verlangt. *Schlechtes Timing, Louisa, ganz mieses Timing.*

David nimmt einen letzten Schluck, schenkt mir einen tiefen Blick und verschwindet aus der Bar.

Kapitel 10

Am nächsten Morgen bleibt mir fast ein Stück Croissant im Hals stecken, als David sich ohne Vorwarnung an meinen Tisch setzt. Bis zu diesem Moment habe ich den Blick auf die üppige Bepflanzung aus Pampasgras, Schilf und pastellrosa blühenden Gräsern genossen, die sich vor den Panoramafenstern des Frühstückssaals sanft in der Meeresbrise wiegen. Der Anblick, den David mir bietet, ist aber ebenfalls nicht zu verachten. Dunkelblonde Strähnen fallen ihm in die Stirn, sein Teint wirkt, als hätte er in den letzten Tagen viel Zeit im Freien verbracht. Braune Augen mit grünen Sprenkeln strahlen mich an und unwillkürlich verliere ich mich in seinem Blick.

Louisa, lass das. Du bist nicht zum Flirten hier. Das war nur ein Test deiner neuen Rolle gestern Abend. Einen, den du nicht bestanden hast.

»Vorsicht«, drohe ich ihm lachend und halte kurz den Rest meines Croissants hoch. »Ich bin auch heute mit französischen Backwaren bewaffnet!«

Abwehrend hebt David beide Hände. »Keine Sorge«, lächelt er, »ich habe ausnahmsweise nicht vor, mich aufzuführen wie ein Elefant im Porzellanladen. Diesmal hatte ich eher an Chamäleons gedacht.«

Fragend schaue ich ihn an. Bevor er erläutern kann, was genau er damit meint, kommt ein Kellner an unseren Tisch, um David nach seinem Getränkewunsch zu fragen. David zwinkert mir zu, unterhält sich kurz mit dem Kellner und scheint zu warten, bis dieser außer Hörweite ist, bevor er sich verschwörerisch zu mir beugt. »Du führst eindeutig etwas im Schilde, ich habe nur noch nicht herausgefunden, was genau. Und ich habe ebenfalls eine sehr persönliche Mission, während ich hier auf der Insel bin. Also warum lassen wir nicht beide die Hosen herunter und sehen, wie wir uns gegenseitig behilflich sein können?«

Das Bild, das bei seinen Worten in meinem Kopf entsteht, lässt mich erröten.

Als würde er ahnen, was gerade in meinen Gedanken vor sich geht, beugt David sich noch näher zu mir und streicht einige Haare an meiner Perücke glatt. Meine Atmung geht schneller. »Keine Sorge, Prinzessin. Dein Höschen darfst du vorerst anbehalten.« Erneut dieses sexy Zwinkern.

Hat er das gerade wirklich gesagt?

»Hast du das gerade wirklich gesagt?« Ungläubig starre ich ihn an.

Unschuldig sieht er mir in die Augen. Der perfektionierte Welpenblick. Ein Lächeln umspielt seine Lippen. »Sorry, aber nachdem du ausgesehen hast, als würdest du dir gerade vorstellen, wie wir beide sprichwörtlich die Hosen runterlassen, konnte ich nicht anders.«

Die Hitze in meinem Gesicht intensiviert sich nochmals.

»Du siehst übrigens sehr süß aus, wenn du rot wirst.« David zwirbelt eine Strähne meiner Perücke um seinen Finger. »Aber ernsthaft«, sagt er dicht an meinem Ohr, »ich könnte deine Hilfe gebrauchen. Und vielleicht kann ich auch etwas für dich tun.«

Ich bringe etwas Abstand zwischen uns, um ihn ansehen zu können. »Wieso denkst du, ich könnte Hilfe gebrauchen?«, frage ich interessiert. Ich bin gespannt, was er sich wohl über mich zusammengereimt hat.

David lehnt sich in seinem Stuhl zurück und nimmt einen Schluck von seinem doppelten Espresso, den der Kellner vor ihm abgestellt hat. Er mustert mich.

»Na dann wollen wir mal sehen …«, raunt er mit tiefer Stimme und lässt seinen Blick über mein Outfit gleiten. »Du verlässt fluchtartig ein Dampfbad, möglicherweise, weil darin jemand war, der dich nicht sehen sollte? Du tauchst plötzlich mit Perücke, riesiger Sonnenbrille und divenhaften Kleidern auf. Vielleicht, weil dich jemand, der ebenfalls hier im Hotel anwesend ist, nicht erkennen soll? Aber es ist niemand, vor dem du auf der Flucht bist, denn dann wärst du längst abgereist. Du willst wissen, was diese Person hier macht. Sie soll dich beim Schnüffeln allerdings nicht entdecken.« David sieht mir direkt in die Augen. »Und? Bin ich nah dran?«

Meine Hand zittert ganz leicht, als ich meine Tasse zum Mund führe und langsam einige Schlucke nehme. David scheint zu bemerken, dass ich versuche, Zeit zu schinden. Er beugt sich über den Tisch und ist meinem Gesicht plötzlich ganz nah. »Das, oder du bist eine gewiefte Stalkerin, die hier ihrem Objekt der Begierde auflauert.«

Ich nehme einen letzten Schluck aus meiner Tasse und stelle diese dann laut klirrend auf dem Unterteller ab. David zuckt nicht zurück. Ist mir immer noch nah. Viel zu nah.

»Was ist mit dir?«, will ich wissen. »Wieso bist du hier? Und vor allen Dingen: Wieso glaubst du, ich könnte dir behilflich sein?«

Endlich lehnt sich David wieder etwas zurück und ich kann Luft holen. Wieso bin ich bloß so angespannt in seiner Nähe?

»Okay, Prinzessin. Vielleicht sollte ich wirklich der erste sein, der heute Morgen seine Hosen runterlässt. Schließlich bin ich aktuell im Vorteil, denn ich weiß ja schon, wie du ganz ohne aussiehst.«

Sicherlich hat mein Gesicht gerade die Farbe einer Tomate angenommen. Ich möchte gern im Erdboden versinken. Da sich der Boden leider nicht unter mir auftut, hebe ich drohend mein Croissant. Wir müssen beide grinsen.

»Ich weiß, ich wiederhole mich«, raunt David und zwinkert mir erneut zu. »Aber du bist wirklich sehr süß, wenn du rot wirst.«

Wieso ist es plötzlich so unglaublich warm in diesem Frühstücksraum?

David räuspert sich. »Aber ganz im Ernst. Ich bin hier, weil ich herausfinden muss, ob einer meiner Geschäftspartner mich und unsere Firma hintergeht. Und damit meine ich nicht, dass er vielleicht Geld abzweigt oder ähnliches, was natürlich schlimm genug wäre. Nein, mein Verdacht geht leider in Richtung Industriespionage.« Er ballt seine auf dem Tisch liegenden Hände zu Fäusten. Sein ganzer Körper ist angespannt. David atmet hörbar ein. »Ich bin davon überzeugt, dass unser neuer Vertriebsleiter mit einem oder sogar mehreren unserer Konkurrenten gemeinsame Sache macht und interne Daten zu unseren Technologien und zu unserer Preisstrategie weitergibt.«

Nun bin ich es, die sich über den Tisch beugt. »In welcher Branche bist du tätig? Und was genau ist deine Rolle in dem Unternehmen, das angeblich ausspioniert wird?« Ich sehe David an, dass er mit einer anderen Reaktion gerechnet hat. Davids Ausführungen haben mich jedoch nicht überrascht. Wirtschaftsspionage ist zwar für meinen Arbeitgeber keine große Bedrohung, Plagiate entstehen erst, wenn eines unserer Produkte sich als Verkaufsschlager erwiesen hat, aber da ich häufig mit Patentanwälten auf Konferenzen zusammenkomme, ist mir das Thema nicht unbekannt.

»Vor knapp vierzig Jahren hat mein Vater ein Unternehmen für Sensortechnik gegründet, das mein Bruder und ich seit seinem Tod leiten. Uns gehört auch die Mehrheit der Firmenanteile. Wir beide ergänzen uns sehr gut, da wir recht unterschiedliche Stärken haben. Während ich sehr genau analysiere, ist mein Bruder der Progressive, geht immer nach vorne, will schnell neue Märkte erschließen. Weshalb er vor etwa sechs Monaten darauf pochte, unseren Vertrieb komplett neu zu strukturieren – auch unter Einsatz eines neuen Vertriebsleiters.« David stockt und fährt sich mit der Hand übers Gesicht. »Zwei Monate später präsentierte er mir seinen Traumkandidaten für den Job, den er sofort einstellen wollte. Ein gewisser Oliver Wehgart. Ende Dreißig. Geschniegeltes Aussehen, überhebliches Auftreten. Mein Bauchgefühl schlug damals schon kurz Alarm, aber ich ignorierte es, da mein Bruder so begeistert war von Oliver.«

Nachdenklich greift David zu seiner Tasse und schwenkt den Inhalt, bevor er einen Schluck nimmt. Als er wieder zu mir sieht, spiegelt sein Gesicht Enttäuschung wider. »Mein schlechtes Bauchgefühl hat sich inzwischen leider bestätigt. Etwa einen Monat nach Olivers Eintritt in unsere Firma waren uns plötzlich zwei unserer Konkurrenten immer einen Schritt voraus. Zunächst haben wir das nicht als ungewöhnlich eingestuft, da es natürlich vorkommt, dass man in der gleichen Branche an ähnlichen Entwicklungen arbeitet. Aber mit der Zeit häuften sich diese Zufälle. Dazu kam, dass einige unserer besten Kunden plötzlich Angebote erhielten, bei denen wir nicht mehr mithalten konnten, da sie weit unterhalb der üblichen Preisspannen lagen. Irgendetwas geht da vor.« Er zögert kurz. »Auch wenn mein Bruder das nicht wahrhaben will.«

»Ging es darum bei deinem Telefonat im Zug? Warst du deshalb so aufgebracht.«

Er nickt und wieder ist da dieser enttäuschte Blick. »Es tut mir sehr leid, dass du sprichwörtlich etwas von meiner Wut abbekommen hast.« Davids Hand berührt meine, was einen warmen Impuls durch meinen Körper schickt.

»Aber konkrete Beweise gegen den neuen Vertriebsleiter hast du noch nicht?«

David schüttelt den Kopf und seine zusammen-gekniffenen Lippen verraten seine Frustration.

»Habt ihr einen professionellen Ermittler ein-geschaltet?«, frage ich und ziehe unauffällig meine Hand zurück, um mich wieder auf die Unterhaltung konzen-trieren zu können. »Oder wollt ihr das zunächst rein in-tern behandeln?«

»Darf ich aus deinen Fragen schließen, dass dir diese ganze Thematik nicht unbekannt ist? Was dich in mei-nen Augen gleich noch viel interessanter machen würde.« Bevor ich zu Wort komme, stoppt mich David, indem er seine rechte Hand kurz auf meinen Arm legt. »Und ich möchte anmerken, dass ich dich bisher schon sehr spannend finde. Womit wir bei dir wären. Also, was ist in deinem verkorksten Liebesleben, wie du es nennst, wirk-lich los? Willst du deinen Mann in flagranti erwischen? Deshalb die Verkleidung?«

Da ich nicht gleich antworte, redet David einfach wei-ter. »Oder bist du auf der Suche nach einem Abenteuer, weil du Abstand von deiner schal gewordenen Beziehung brauchst?«

Moment? Was? Sind das etwa die Vibes, die ich hier aussende? Ich überprüfe kurz mein Outfit und star-re David entsetzt an. Der interpretiert meine Reaktion prompt falsch und hat schon die nächste falsche Ein-schätzung parat. »Oder liege ich bisher komplett falsch und du bist in Schwierigkeiten? Vielleicht ist es auch die Freundin, der du nichts abschlagen kannst?« Schelmisch seine Augenbraue hochziehend lehnt er sich über den Tisch. »Okay, das hier ist meine letzte Theorie: Bist du selbst eine Wirtschaftsspionin und das Thema ist dir deswegen nicht unbekannt?«

Jetzt muss ich lachen. »Ich befürchte, dich erwartet eine Enttäuschung. Meine Geschichte ist nicht einmal annähernd spannend. Eher bedauernswert, würde ich sagen«, erwidere ich in der Hoffnung, dass er das Interesse verliert.

»Wieso lässt du das nicht mich entscheiden?«, wirft David ein. »Also, Louisa, was genau machst du hier?«

Was würde Lena tun, frage ich mich schnell. Würde sie David einweihen? Da meine Verkleidungskünste sich gestern Abend als nicht besonders belastbar erwiesen haben, kann Hilfe bei meiner Überwachungsmission sicherlich nicht schaden. Aber egal, wie vertrauenswürdig und charmant David auf mich wirken mag: Er bleibt ein komplett Fremder und den wirklichen Grund, wieso ich Karsten im Auge behalten muss, werde ich nicht ausplaudern. Also entscheide ich mich für eine stark gekürzte und leicht abgewandelte Version der Wahrheit. Eine Version, bei der ich selbst leider nicht ganz so gut wegkomme.

»Okay«, sage ich und habe Davids volle Aufmerksamkeit. »Die Kurzfassung lautet, dass ich unwissentlich die Geliebte eines verheirateten Mannes wurde und möglicherweise gerade dabei bin, eine Ehe zu zerstören.« Ich kann David nicht länger ansehen und senke meinen Blick auf die Reste meines Croissants. »Bevor das eventuell passiert – und ich möchte eventuell an dieser Stelle betonen«, sage ich mit Nachdruck, »muss ich wissen, wie es um die Ehe wirklich steht. Denn allein seinen Aussagen kann ich offensichtlich nicht trauen.« Die Lüge ging mir viel zu leicht über die Lippen. Hoffentlich hat dies nicht weitere Auswirkungen auf mein eh schon strapaziertes Karma …

Als ich es wage, David wieder anzusehen, erwartet mich ein leicht verwirrter Gesichtsausdruck.

»Sind die beiden etwa hier?«, fragt er schließlich.

»Ganz genau.«

»Und du bist Ihnen nachgereist?«

»Nein!«, keuche ich entsetzt.

Davids Augenbrauen ziehen sich zusammen, auf seiner Stirn bildet sich eine Falte. »Sorry, ich denke, ich brauche doch die Langfassung.«

Das hatte ich befürchtet.

Als ich meine modifizierte Zusammenfassung der letzten Woche beende, sieht mich David ernst an. »Ich stimme dir zu. Das ist wirklich bedauernswert.« Dann fängt er an zu lachen.

Das gibt's doch nicht! Da erzähle ich ihm die zugegebenermaßen nicht ganz der Wahrheit entsprechende Geschichte einer Frau, deren Liebster ihr gesteht, verheiratet zu sein, aber seine Zukunft mit ihr und nicht mit seiner Gattin zu planen. Die Geschichte einer Frau, die sich nun leider in genau dem Hotel über ihre Gefühle klar werden will, in dem er mit seiner Ehefrau einen Romantikurlaub verbringt. Die Geschichte einer Frau, die wild entschlossen ist, herauszufinden, ob sie diesem Mann glauben soll, wenn er von einer gemeinsamen Zukunft spricht. Und David lacht über diese Frau. Also über mich. Würde diese Geschichte stimmen, dann sollte ich jetzt echt beleidigt sein! Ich schnappe mir meine Tasche und stehe auf. Blitzschnell greift David nach meiner Hand und zieht mich zu sich, was leider dazu führt, dass ich auf seinem Schoß lande. Sein Arm umschlingt mich, hindert mich daran, abzuhauen. Sein warmer Atem streift mein Ohr. »Louisa«, flüstert er.

O Mann! Wieso muss sich das so gut anhören, wenn er meinen Namen sagt? Mit zwei Fingern dreht er meinen Kopf zu sich, sodass wir uns direkt in die Augen sehen. »Das war ein Scherz, Louisa.« Da! Schon wieder mein Name. »Ein dummer Scherz.«

David entlässt mich aus seinem Schoß und bittet mich, mir seinen Vorschlag anzuhören, wie wir einander helfen könnten. Mein Körper hat sich leider schon längst dafür entschieden, sich in Davids Nähe in ein freudig kribbelndes Etwas zu verwandeln, und mein Geist kapituliert kurze Zeit später.

»Also, was sagst du?« David sieht mich erwartungsvoll an und streckt mir seine Hand entgegen. »Deal?«

»Deal«, höre ich mich mit schwacher Stimme sagen. Ich schlage ein und sehe auf unsere miteinander verschränkten Hände. O Gott, worauf habe ich mich da gerade eingelassen?

Kapitel 11

David verliert keine Zeit. Als ich eine halbe Stunde später in die Lobby komme, sitzt er bereits in einem der bequemen Sessel mit Wattblick. Er wirkt entspannt, während er auf seinem Smartphone scrollt. Ich hingegen bin ein Nervenbündel, vibriere vor Nervosität als ich mit zitternden Händen auf ihn zugehe. Von einer gewieften Spionin bin ich meilenweit entfernt. Ständig lauert die Angst, dass Karsten mich trotz Verkleidung sofort erkennt und unser geheimer Feldzug gegen ihn auffliegt.

Davids Plan soll genau das verhindern. Unser beim Frühstück geschlossener Deal sieht vor, dass wir uns möglichst häufig als Paar in der Öffentlichkeit bewegen. Ich sowieso in Verkleidung und David getarnt mit Sonnenbrille und Käppi, sobald wir uns in der Nähe von Oliver befinden. Zu zweit können wir größere Bereiche überwachen und sind außerdem unauffälliger unterwegs. Wir können uns für den jeweils anderen nah an die Zielperson heranschleichen, da Karsten David nicht kennt und Oliver mich nicht. Soweit zumindest die Theorie.

Ich habe kaum Zeit, mich zu setzen, als ich hinter mir Karstens Stimme wahrnehme und augenblicklich in eine Art Schockstarre verfalle. Gemeinsam mit seiner Dame der Wahl für dieses Wochenende schlendert er Sekunden später durch die Schiebetür des Hotels. Fast panisch sehe ich David an.

»Sind sie das?«, fragt er leise und richtet sich auf.

Ich nicke. Mir ist übel.

»Na dann, los!« David stupst mich an. Ungelenk stehe ich auf. Die Muskeln in meinen Beinen müssen sich spontan in Pudding verwandelt haben. So fühlt es sich zumindest an. Unfähig, einen Schritt in Richtung Tür zu machen, stehe ich einfach nur da.

David, der bereits auf halbem Weg zum Ausgang ist, sieht sich nach mir um. Lächelnd kommt er zurück zur Sesselgruppe, wo ich flach atmend stehe.

»Prinzessin, du wirst doch nicht schlappmachen, bevor unsere Überwachungsmission überhaupt richtig losgeht.« Er hakt sich bei mir unter und zieht mich vorsichtig zum Hotelausgang. Behutsam führt er mich über den Parkplatz zur Promenade, wo Karsten und seine Drittfrau gerade zwischen anderen Spaziergängern verschwinden.

»Mist, wir verlieren sie«, sage ich matt.

»Unsinn, den Kerl in seinem albernen Outfit verlieren wir nicht.« Karsten trägt ohne Witz ein kurzärmeliges rosa Hemd zu einer hellblauen Stoffhose. »Siehst du ihn in sowas häufiger oder ist das den Urlauben mit seiner Frau vorbehalten?«

Und wieder wird mir klar, wie wenig ich Karsten eigentlich kenne. Ob es seiner Ehefrau ähnlich geht? »Ich sehe ihn fast ausschließlich in dunklen Dreiteilern. Das ist quasi seine Arbeitsuniform.«

»Ah, eine Affäre unter Kollegen also. Das hattest du noch gar nicht erwähnt.« David grinst frech. »Lange Abende im Büro, sexy Treffen im Kopierraum.«

Ich boxe ihn gegen die Schulter. »O mein Gott! Hör sofort auf, dir das vorzustellen! Wir haben uns zwar über die Arbeit kennengelernt, aber wir sind nicht im gleichen Unternehmen tätig. Karsten ist selbständiger Unternehmensberater. Er hat die Abteilung Produktentwicklung bei meinem Arbeitgeber beraten. Und nein, es gab definitiv keine Treffen im Kopierraum.«

Karsten war immer sehr darauf bedacht, dass wir unsere Beziehung vor meinem Arbeitgeber und seinem Auftraggeber geheim halten. War es ihm vielleicht nicht nur aus professionellen Gründen wichtig? Wollte er verhindern, dass bestimmte Personen von uns erfahren, weil sie wissen, dass er verheiratet ist? Vielleicht sogar seine Frau kennen? Oder seine andere Geliebte? Schon wird mir wieder übel.

Etliche Meter vor uns auf der Promenade kichert seine blonde Begleitung so laut, dass es bis zu uns dringt, und zieht Karsten vom gepflasterten Weg hinunter ins Watt. Wir beobachten, wie die beiden ihre Schuhe ausziehen und die Hosenbeine hochkrempeln.

»Sieht nach einem Wattspaziergang aus«, raunt David mir zu und zieht eine Augenbraue nach oben. »Bereit, dich schmutzig zu machen, Prinzessin?«

Nach wenigen Momenten mit nackten Füßen im Watt habe ich fast vergessen, wieso wir eigentlich hier sind. Es fühlt sich unanständig gut an, mit schmatzenden Schritten den kühlen, glitschigen Meeresboden zu erkunden. Ich bin völlig fasziniert von dem Gefühl unter meinen Fußsohlen. Mein Großstadtgehirn kann gar nicht so recht begreifen, dass hier vor wenigen Stunden noch alles überflutet war und dies auch in kurzer Zeit wieder so sein wird. Immer wieder sinke ich etwas in den Schlick ein, angespülter Seetang verfängt sich zwischen meinen Zehen. Ich weiche scharfkantigen Muscheln aus, patsche durch die Häufchen der Wattwürmer und wate durch Mulden, in denen noch etwas Wasser steht. Obwohl die Luft leicht modrig riecht, genieße ich jeden Augenblick. Ein tiefes, wohliges Seufzen entweicht mir. Wattspaziergänge sind ab sofort meine Art der Meditation.

Zum Glück hat David immer noch ein Auge auf unsere beiden Zielobjekte, denn meine sind weiterhin auf den schlickigen Boden unter meinen Füßen gerichtet. Ohne ihn hätte ich Karsten und seine Drittfrau sicherlich längst verloren.

Ohne Vorwarnung schnappt sich David plötzlich meine Hand, zieht daran und dreht mich wie bei einem Tanz zu sich. Wir stehen eng aneinandergepresst, seine Hand gleitet über meinen Rücken. Auf jedem Zentimeter, den er durch mein Maxikleid berührt, breitet sich Gänsehaut aus.

»Er schaut genau in unsere Richtung,« flüstert David an meinem Ohr. Seine Lippen berühren ganz leicht meine Haut.

»Was? Wer?«, stammle ich abwesend, während ich Davids Geruch einatme. Da ist er wieder, der Hauch von frisch gemahlenem rosa Pfeffer.

»Dein Karsten.« David betont jede Silbe und sieht mich amüsiert an. »Abgelenkt, Prinzessin?«

Abgelenkt? Verloren, trifft es eher. Verloren in dieser Umarmung, die aus der Ferne betrachtet vermutlich wie ein intimer Moment eines Paares wirkt. Und leider fühlt es sich auch genauso an. Mist. Dieses Gefühl sollte ich schnellstens wieder abschütteln. Um etwas Abstand zwischen uns zu bringen, drehe ich mich ruckartig von David weg. Noch inmitten der Bewegung merke ich, dass ich dabei bin, über meine eigenen Füße zu stolpern. Kurz rudere ich mit den Armen, versuche, irgendetwas an meinem Begleiter zu fassen zu kriegen und lande keine zwei Sekunden später mit dem Gesicht voraus im Watt.

Großartig. Ganz, ganz großartig.

David unterdrückt ein Lachen, als er mir aufhilft. Was ihm, sagen wir mal, nur sehr dürftig gelingt. Komplett mit Schlamm bedeckt schaue ich zu David hoch. Meine Sonnenbrille hat so viel Matsch abbekommen, dass ich rein gar nichts erkennen kann. Ich nehme sie ab. David sieht mich mit großen Augen an und krümmt sich vor Lachen.

Vermutlich sehe ich aus wie ein farbenverkehrter Panda. Prustend stimme ich in Davids Lachanfall mit ein und kann gar nicht mehr aufhören. Bis mir eine Idee kommt. Mit einem kleinen Kampfschrei stürze ich mich auf David und umklammere ihn fest, um möglichst viel von diesem Heilschlamm an meinem Körper mit ihm zu teilen. Seine Haut soll schließlich auch davon profitieren. Wir ringen miteinander und landen schließlich beide auf dem glitschigen Boden.

Lachend halte ich mir den Bauch und schaue völlig außer Atem zu David. »Ich kann mich gar nicht daran erinnern, wann ich das letzte Mal so viel Spaß hatte. Oder wann mir zuletzt der Bauch vor Lachen so wehtat.« Wir grinsen uns an und es dauert einen Moment, bis mir wieder dämmert, wo und wieso wir hier sind.

Meine Augen suchen die Umgebung nach Karsten und seiner Wochenendfreundin ab. Sicherlich mehr als hundert Meter von uns entfernt kann ich die beiden ausmachen. Sie küssen sich.

»Und mich küsst nur das Watt«, fluche ich leise vor mich hin, als ich mich aufrapple und versuche, etwas von dem Schlick abzuschütteln, der mich quasi von Kopf bis Fuß bedeckt.

»Na, das kann ich so nicht stehenlassen«, höre ich David sagen, als mich auch schon zwei starke Männerhände umdrehen. Davids Gesicht ist wenige Zentimeter von meinem entfernt. Seine linke Hand liegt auf meinem Rücken und zieht mich noch näher an ihn heran. Mit dem Zeigefinger seiner rechten Hand streicht er einen Rest Schlick von meinen Lippen. Und dann ersetzt er diesen durch seinen Mund. O mein Gott. Omeingottomeingottomeingott. David küsst mich. Und vermutlich hat er auch irgendwie die Verbindungen in meinem Hirn durchtrennt, denn ich kann keinen klaren Gedanken fassen.

David küsst mich immer noch. Und ich glaube, ich küsse ihn zurück. *Moment mal. Ich küsse ihn zurück?*

Gerade als die Endorphine in meinem Körper damit beginnen, eine wilde Party zu feiern, legt David schwer atmend seine Stirn an meine. Eng umschlungen stehen wir beide im Watt. Fast glaube ich, dass er mich noch-mals küssen wird, stattdessen lässt er plötzlich seine Hände sinken und wendet sich mit einem bedauernden Blick von mir ab.

»Es tut mir leid«, höre ich ihn sagen. »Das hätte ich nicht tun sollen.«

Doch, doch, doch, schreit mein Körper. *Tu es am besten gleich nochmal.*

Himmel! Ich bin doch kein hormongesteuerter Teen-ager. Wieso beeindruckt mich dieser Kuss überhaupt? Das war ein Ablenkungsmanöver, rede ich mir ein. Reine Tar-nung. Das ist alles, was das hier war. Ich suche den Hori-zont nach meinen beiden Zielpersonen ab. Karsten und seine Wahl fürs romantische Wochenende sind fast außer Sichtweite. Zwischen ihnen und uns befindet sich eine Wattwandergruppe von bestimmt zehn Personen. Keine Chance, dass sie hätten erkennen können, wer sich hier gerade im Watt geküsst hat.

Kapitel 12

Weder David noch ich verlieren ein einziges Wort über diesen Kuss als wir – Karsten und seinem Frauchen immer noch auf den Fersen – wieder ins Hotel zurückkehren. Diesen phänomenalen Kuss. Diesen elektrisierenden Kuss. Ein Kuss, wie Karsten und ich ihn nie hatten, wenn ich so darüber nachdenke. Ein Kuss, den David bedauert.

Wir trödeln im Eingangsbereich herum, bis Karsten mit Anhang im Fahrstuhl verschwindet, und bieten in unseren schlickverkrusteten Outfits etlichen Hotelgästen eine gute Show. Ich bin kurz davor, zu rufen: »Heute Abend Schlammcatchen im großen Salon, meine Damen und Herren, seien Sie dabei! Nur fünf Euro Eintritt!«

Als Karsten und seine Begleitung endlich verschwunden sind, schleichen sich David und ich über das Treppenhaus – wir wollen schließlich nicht noch mehr Blicke auf uns ziehen – in unsere jeweiligen Zimmer.

Voll bekleidet stelle ich mich unter die Dusche. Um meine mit diversen Klecksen getrockneten Schlicks übersäte

Perücke würde ich mich auch noch kümmern müssen. Dieses Watt ist wirklich anhänglich! Während das heiße Wasser der Regenschauerdusche auf mich herabprasselt, spiele ich in meinem Kopf immer und immer wieder unseren Kuss ab. *Unseren Kuss.* Wie das klingt. Auf jeden Fall nach mehr als nur *Partners in Crime.*

Und es ist noch nicht einmal Mittag. Shit, wo wird das nur hinführen?

***

David und ich haben erneut Stellung in einer leicht abgeschiedenen Ecke der Lobby bezogen. Zum gefühlt achtzigsten Mal in den letzten fünf Minuten sieht David auf den Bildschirm seines Smartphones.

»Wartest du auf eine Nachricht«, frage ich.

David rückt auf dem kleinen Sofa näher zu mir. »So ähnlich«, sagt er mit gedämpfter Stimme. »Ich behalte das Instagramprofil von Oliver im Auge.« Er reicht mir sein Smartphone, auf dem das mit Schnappschüssen gut bestückte Profil seines Partners zu sehen ist. Wobei Schnappschüsse eher nicht das richtige Wort für die protzigen Bildchen ist.

»Wie du siehst«, grinst David, »sind Zurückhaltung und gepflegtes Understatement nicht Olivers Ding.«

Davids Partner ist auf einem Segelboot auf der Alster zu sehen, in einer Hamburger Rooftop-Bar und beim Feiern mit leichtbekleideten Mädels. Er hält teure Uhren in die Kamera und es gibt gleich mehrere Beiträge zum Thema rahmengenähte Budapester.

Ich gebe David sein Smartphone zurück. »Du hoffst darauf, in einem neuen Post einen Hinweis darauf zu finden, wo er sich auf Sylt aufhält?«

»Ja, genau. Oliver ist ein echter Angeber. Er will zeigen, was er Tolles erlebt, welche teuren Restaurants oder Hotels er besucht. Ich warte darauf, dass er uns seine genaue Location hier auf der Insel verrät.« David trommelt mit seinen Fingern auf der Armlehne des Sofas. Ertappt sieht er mich an. »Ich bin nicht der geduldigste Mensch.«

Einige Sekunden später zeigt er mit dem Kopf Richtung Rezeption, wo Karsten sich gerade mit einem Herrn unterhält. »Aber zumindest für dich geht es weiter.«

Ich lehne mich etwas vor, um die Szenerie besser beobachten zu können.

»Das ist der Concierge, mit dem er da spricht«, raunt David mir zu. »Ich wette, er macht gerade eine Reservierung fürs Abendessen.«

Als Karsten das Hotel Richtung Parkplatz verlässt, zieht mich mein Co-Spion hoch vom Sofa und hinüber zur Rezeption. Dem nichtsahnenden Hotelangestellten tischt David eine facettenreiche Geschichte über seine nicht vorhandene Schwester und seinen Schwager auf, die wir heute Abend unbedingt zu ihrem Hochzeitstag überraschen wollen, weshalb wir dringend wissen müssen, wo der Schwager gerade die Reservierung gemacht hat.

Erstaunlicherweise funktioniert es und der Concierge verrät uns den Namen des Restaurants.

»Wow!«, sage ich anerkennend. »Also wenn Karsten nur ein halb so guter Schauspieler ist wie du, dann wundert es mich ab sofort nicht mehr, dass er es geschafft hat, mich ein Jahr lang zu verarschen.«

Nach einigen Schritten bemerke ich, dass David nicht mehr an meiner Seite ist. Ich drehe mich um. David steht wie angewurzelt im Eingangsbereich des Hotels und starrt mich an.

»Was ist los?«, frage ich nervös.

»Du bist seit einem Jahr mit diesem Idioten zusammen und hattest bis jetzt keine Ahnung, dass er verheiratet ist? Oder zumindest den Verdacht, dass er es sein könnte?«

Ich nicke beschämt.

»Ein ganzes Jahr lang?«, fragt David entgeistert.

»Wenn du das so deutlich aussprichst, komme ich mir noch dämlicher vor, als ich mich eh schon fühle.« Ich wende mich von David ab. Er schließt zu mir auf und nimmt wie selbstverständlich meine Hand. Wieso muss sich das nur so gut anfühlen? Eng nebeneinander gehen wir Karsten hinterher zum Hotelparkplatz.

Souverän und mit dem nötigen Abstand folgt David ihm in seinem Cabrio, als Karsten in einem Taxi das Hotelgelände verlässt.

In Kampen beobachten wir, wie Karsten ein Schmuckgeschäft in der Ortsmitte betritt. Ich kann mich noch gut daran erinnern, als Karsten mir zum ersten Mal Schmuck schenkte. Ohrringe. Die ich zwar nie trage, weil ich meine ohnehin schon sehr kleinen Ohren nicht noch betonen möchte. Aber oh, wie glücklich war ich damals, als er sie mir stolz überreichte.

»Yes!« Neben mir ballt David seine Hand erfreut zur Faust und macht eine Art Siegesbewegung. Ich blinzle fragend zu ihm hinüber.

»Oliver hat endlich was von der Insel gepostet. Er ist hier. Also nicht nur auf Sylt, sondern hier in Kampen. Wohnt offenbar in einem exklusiven Suitenhotel.«

Auf der gegenüberliegenden Straßenseite verlässt Karsten den Juwelier und geht zwei Häuser weiter durch die Tür eines Blumenladens. Ich will David gerade fragen, ob er Karsten vielleicht in das Geschäft folgen möchte, als sein Smartphone ein dezentes *Pling* von sich gibt.

»Noch ein Post von Oliver«, erklärt David erfreut, nachdem er seinen Screen gecheckt hat. »Er sitzt auf der Terrasse des Hotelrestaurants.«

»Na dann, nichts wie los!«

David sieht mich erstaunt an.

»Was wird Karsten wohl bei einem Floristen kaufen? Hier verpassen wir nichts und ich verliere nicht noch mein letztes bisschen Würde, wenn wir hier nicht länger Zeugen der Vorbereitungen eines romantischen Abends spielen. Lass uns lieber deinen Partner beschatten und bei möglichst vielen illegalen Aktivitäten beobachten.«

Kampen scheint nicht groß zu sein, denn gefühlt zwei Herzschläge später parkt David schräg gegenüber einer Hotelparkplatzeinfahrt. Ein langgezogenes Gebäude aus rotem Backstein mit Reetdach sowie weißen Sprossenfenstern samt Fensterläden und Blumenkästen ist hinter einigen Heckenrosenbüschen zu sehen.

»Das sieht süß aus«, sage ich. »Bist du sicher, dass dein Geschäftspartner hier wohnt?« Dieses schöne Ambiente passt so gar nicht zu dem Betrüger, den ich bisher aus Davids Schilderungen in meinem Kopf geformt habe.

David checkt nochmals die Instagram-Posts seines Partners und sucht mit seinen Augen unsere Umgebung ab. »Doch, das sieht richtig aus, ich erkenne … Oh, Shit!« Als hätte ihm jemand eins übergebraten, wirft David seinen Oberkörper über die Mittelkonsole direkt auf meine Schenkel. Seine Hände landen auf nackter Haut. Sein Kopf liegt in meinem Schoß, sanft gebettet auf mehreren Lagen Chiffon. Langsam dreht er sein Gesicht zu mir.

Ich sitze regungslos da. Davids Finger streichen sanft wie Schmetterlingsflügel über meinen Unterschenkel und ziehen eine Spur aus Gänsehaut nach sich. Knapp unterhalb des Knies halten sie inne.

»Sorry«, flüstert David und sieht überhaupt nicht so aus, als würde ihm sein kleiner Überfall auf meine Beine leidtun. »Siehst du den Typen in dem dunkelblauen Polohemd, der vor dem Hoteleingang raucht?«

Langsam hebe ich meinen Kopf und sehe hinüber zu dem Reethaus. Der Mann, der dort steht, trägt eine Sonnenbrille und ich kann sein Gesicht nicht gut erkennen. Ich blinzle zu David hinunter. »Ja. Ist das Oliver?«

David nickt, wobei sein Kinn an meinem Oberschenkel reibt. Gänsehaut. *Konzentration, Louisa, Konzentration!* Ich sehe wieder rüber zu Oliver.

»Was tut er jetzt?«, will David wissen.

»Er geht ins Gebäude. Du kannst wieder hochkommen.«

David löst seinen langen Körper von meinen unteren Regionen und setzt sich im Fahrersitz auf. Er schenkt mir ein schiefes Lächeln, das fast den gleichen Effekt auf mich hat, wie eine seiner Berührungen.

»Du bist echt gefährlich für mich, Prinzessin«, murmelt er kaum hörbar.

Als Oliver eine Stunde später noch nicht wieder aus dem Hotel gekommen ist, beschließen wir, nach List zurückzufahren und uns auf die abendliche Mission vorzubereiten.

Wieder allein zurück in meiner Juniorsuite instruiert Lena mich per Video-Chat ausführlich, innige Momente zwischen Karsten und seiner Drittfrau fotografisch festzuhalten. »Je mehr Material wir haben, um ihn unter Druck zu setzen, desto eher können wir eine außergerichtliche Einigung im Vorfeld des Scheidungstermins erreichen.«

Ich will schon auflegen, als Lena mit einer Handbewegung meine Aufmerksamkeit einfordert. »Hör zu, Louisa«, in ihrer Stimme schwingt ein Bedauern mit. »Dieser David mag ein netter Kerl sein, aber du kannst ihm nach wie vor auf keinen Fall verraten, wieso du Karsten wirklich beobachtest. Das Risiko, dass etwas an die Medien dringt oder Karsten auf anderem Wege Wind davon bekommt, dass Stephanie die Scheidung vorbereitet, ist zu groß.«

Kapitel 13

Der Laden ist rappelvoll. Was für unsere Zwecke von Vorteil ist. Wir gehen in der schieren Anzahl anderer Gäste einfach unter – die perfekte Tarnung. Ein geschäftiger Maître bringt uns zu einem Tisch im hinteren Teil des Restaurants. Wer spät reserviert, kann wohl keinen der Premiumtische entlang der Fensterfront mit Blick auf den Strand erwarten. Zufrieden grinse ich, als ich Karsten und sein Püppchen an einem Tisch in der direkten Einflugschneise zu den Toiletten entdecke. Dagegen haben wir es trotz noch späterer Reservierung nicht ganz so schlecht erwischt. Wir platzieren uns so an unserem Tisch, dass ich mit dem Rücken zu Karsten sitze und David die Beobachtung übernehmen kann. Während ich noch versuche, mich zu akklimatisieren, blättert der bereits in der Speisekarte.

»Wäre es okay für dich, wenn ich für uns beide eine kleine Auswahl an Spezialitäten des Hauses bestelle?« Er sieht mich über den Rand der Karte hinweg erwartungsvoll an. David ahnt nicht, dass das für mich eine Art Fangfrage ist. Im Grunde kann ich nur eine falsche Antwort darauf geben. Sage ich ja, läuft es für mich sehr wahrscheinlich auf einen Abend mit einem Menü hinaus, das ich nicht mag. Lehne ich seinen Vorschlag ab, bin ich in seinen Augen vermutlich ein Kontrollfreak, der unfähig ist, seine Komfortzone auch nur für drei Millimeter zu verlassen.

»Aber nur auf eigene Gefahr«, sage ich schließlich und lache etwas angestrengt.

Mein Begleiter zieht eine Augenbraue hoch.

»Keine Muscheln«, schieße ich hinterher. »Nichts mit vielen Bitternoten, kein Fleischgericht, das mehr Schwarte als Fleisch enthält.«

Davids Grinsen wird mit jedem Wort von mir breiter, während mein Gesicht immer wärmer wird. Himmel, ich klinge wie eine verdammte Diva. Nein, höre ich Lenas Stimme in meinem Kopf, du hörst dich an wie eine Frau, die genau weiß, was sie nicht will. Eine Message, die mein Körper leider nicht schnell genug verarbeitet. Mein Gesicht glüht inzwischen sicher.

»Du kennst die Spezialitäten des Hauses?«, versuche ich abzulenken. »Das klingt, als seist du öfter hier.«

»Na ja, als Sohn einer Hamburger Unternehmerfamilie ist Sylt tatsächlich seit meiner Kindheit ein häufiges Wochenendziel. Und spätestens als Sechzehnjähriger habe ich dann auch dieses Etablissement hier kennengelernt.« Mit wehmütigem Blick sieht er sich um. »Ich kann mich an wirklich legendäre Partys erinnern.«

Der Kellner kommt, um unsere Bestellung aufzunehmen, und David nennt ihm mehr als fünf Gerichte. Mit großen Augen sehe ich ihn an.

»Keine Sorge, Prinzessin, sind fast alles Vorspeisen und die Portionen sind nicht riesig. Versprochen.«

Prinzessin. Wann genau fing David eigentlich an, mich so zu nennen? Ich versuche, mich zu erinnern, wann er den Kosenamen zum ersten Mal benutzt hat. Moment! Ich bin nicht hier, um über David nachzudenken. Wieso schafft dieser Kerl es immer wieder, mich von meiner Überwachungsmission abzulenken?

Ich räuspere mich geräuschvoll. »Also, was machen unsere beiden Turteltauben?«

Über meine Schulter hinweg blickt David in den Raum. Mühsam widerstehe ich dem Drang, mich nach Karstens Tisch umzudrehen, und so bleibt mir nur der Versuch, aus Davids Mimik zu lesen, was hinter meinem Rücken vor sich geht.

»Nicht viel.« Ja, das hätte ich aus seinem gelangweilten Gesichtsausdruck auch geschlussfolgert. »Sie bekommen eine Flasche Weißwein in einem Weinkühler«, berichtet er dann doch noch brav.

»Siehst du Blumen oder ein kleines Geschenk?« Ich erinnere mich an unsere Beobachtungen heute Nachmittag in Kampen.

»Nö.«

Sagt das etwas über die Beziehung von Karsten und seiner Drittfrau aus, dass es in diesem Restaurant definitiv um Sehen und Gesehen werden geht? Das hier ist kein Ort für ein romantisches Candle-Light-Dinner. Für ein intimes Rendezvous stehen die Tische viel zu eng, ist die Gesprächslautstärke der anderen Gäste etwas zu laut und es gibt zu viele feiernde Gruppen.

»Sehen sie glücklich zusammen aus?«, frage ich David.

»Ehrlicherweise sehen sie so aus, als ob sie sich nicht besonders viel zu sagen hätten. Beide sind eher mit ihren Smartphones als mit dem Gegenüber beschäftigt.«

Das sieht man auffällig häufig bei Paaren in Restaurants. Wieso macht man sich dann überhaupt die Mühe, miteinander auszugehen? Sich mit seinem Handy beschäftigen kann man auch zuhause wunderbar. Ohne Partner. Beim Stichwort Smartphone fällt mir noch etwas anderes ein: mein Auftrag, kompromittierende Fotos von unserem Paar beim romantischen Dinner zu machen. Gerade, als ich mein Handy aus meiner Tasche krame, geht eine Nachricht von Karsten ein. Das macht er also, während er mit der Geliebten Nummer zwei beim Candle-Light-Dinner sitzt. Er erkundigt sich nach dem gesundheitlichen Befinden der Geliebten Nummer eins. Wenn es nicht so erbärmlich wäre, müsste ich lauthals darüber lachen.

Noch bevor ich antworten kann, wird unser Essen serviert. Ich gebe vor, die Gerichte zu fotografieren und dann einige Selfies von mir zu machen, auf denen Karsten und Geliebte Nummer zwei im Hintergrund zu sehen sind. Leider sorgt die romantisch abgedunkelte Beleuchtung des Restaurants dafür, dass der Hintergrund meiner Aufnahmen zu verpixelt ist, um etwas Brauchbares erkennen zu können.

David scheint magische Bestellkünste zu haben. Oder wir mögen zumindest kulinarisch die gleichen Dinge. Unser Tisch quillt über vor Köstlichkeiten, die ich alle probieren möchte. Die Gambas in Knoblauchbutter sind ein Traum, das hausgebackene Bauernbrot eine Offenbarung. Das Rote-Bete-Carpaccio kann durchaus mithalten und auch die Gyoza müssen sich nicht verstecken. Glücklich strahle ich David an, der mich interessiert beobachtet.

»Hey«, sage ich scherzend. »Du sollst Karsten und sein Frauchen im Auge behalten. Nicht mich!«

»Ach, alles ruhig hinter dir«, winkt David ab, nimmt sein Handy und macht einige Fotos von dem Paar in meinem Rücken, wie ich hoffe.

Eine Stunde später genieße ich den letzten Krümel des Rüblikuchens mit Limoncellocreme, den David als Dessert geordert hat. Mit einem wohligen Stöhnen lehne ich mich zurück. Davids Augen tanzen über mein Gesicht. Unsere Blicke verfangen sich ineinander. Minutenlang sehen wir uns nur an. Dann schaltet sich zum Glück mein Hirn ein. *Louisa, du lässt dich schon wieder ablenken.*

»Was machen denn unsere Zielpersonen an ihrem Tisch bei den Toiletten?«

»Die beiden sind vor etwa vierzig Minuten gegangen.«

Entsetzt starre ich David an, der die Dreistigkeit besitzt, sich mit einer billigen Ausrede zu rechtfertigen. »Du sahst so entspannt aus und der Kuchen schien dich richtig glücklich zu machen.«

»Ja, im Gegensatz zu Männern haben Kohlenhydrate diese Fähigkeit!«, fauche ich. Dieser Kerl ist unglaublich. Jetzt habe ich jegliche Chance verpasst, die beiden bei einer intimen Geste zu fotografieren, oder festzuhalten, wie Karsten seiner neuen Herzdame sein Geschenk übergibt, oder die zwei auf einem romantischen Nacht-spaziergang zu filmen. Es ist unmöglich, herauszufinden, wo die beiden nach dem Restaurantbesuch hingegangen sind. So bleibt mir nichts, als später wieder dem Gestöhne im Nachbarzimmer zu lauschen. So ein Mist.

***

Aufgewühlt und frustriert gehe ich im Wohnbereich mei-ner Juniorsuite auf und ab. Ich kann nicht glauben, dass David die beiden hat davonkommen lassen. Nur weil ich eine gute Zeit hatte. *Hallo!* Als ob das beim Spionieren eine Rolle spielt!

Nebenan ist kein Geräusch zu hören, im Zimmer ist es dunkel, was ich vorhin extra vom Balkon aus direkt nach meiner Rückkehr überprüft habe. Wusste ich doch, dass die noch irgendwo anders hingehen. Und wegen Davids Gedankenlosigkeit verpasse ich jetzt alles. Verdammt! Um keine weiteren Furchen ins Parkett zu laufen, beschließe ich, ein Bad zu nehmen. Was mich hoffentlich soweit be-ruhigt, dass ich zumindest die Chance habe, heute Nacht ein wenig Schlaf zu finden.

Als ich mich, in den Luxus-Bademantel des Hotels ge-wickelt und mit Handtuchturban auf dem Kopf, nach meiner Auszeit in der Badewanne aufs Bett werfe, zeigt mein Smartphone auf dem Nachttisch eine Voicemail von Lena an.

»Süße, pass auf!« Meine Freundin klingt atemlos. »Je tiefer wir graben, desto mehr Abgründe tun sich auf.

Mein *Schleimscheißer-Alarm*, der sofort anschlug, als du mir Karsten damals vorgestellt hast, hat sich als sehr zuverlässig erwiesen.«

Ja, beste Freundin, reib mir meine schlechte Menschenkenntnis ruhig tief rein. Gerade am heutigen Abend kann ich das gebrauchen. Wütend auf mich selbst, mixe ich mir einen Screwdriver mit Orangensaft und Wodka aus der Minibar, bevor ich Lenas Nachricht weiter abspiele.

»Der Typ hat offenbar seine Beratungsaufträge als erotisches Jagdrevier genutzt. Ihr habt euch doch auch über die Firma kennengelernt, richtig? Er steht auf jeden Fall auf blond, so viel kann ich schon mal sagen. Ich bin sicher, es gibt ein weiteres Muster, aber ich bin noch nicht dahintergekommen, was genau Karsten mit all diesen weiblichen Bekanntschaften bezweckt. Na ja, neben dem Offensichtlichen.«

Naiv. Ich war einfach unfassbar naiv.

»Was hast du heute Abend rausgefunden? Konntest du ein paar schmutzige Fotos machen? Schick mir gern direkt rüber, was du hast, dann kann ich das Material schon einmal durchgehen.«

Na toll. Nun fühle ich mich noch mehr als Versagerin. An Schlaf ist heute nicht mehr zu denken. Fluchend krame ich die Yogamatte aus dem Schrank.

Kapitel 14

Eines muss man ihm wirklich lassen, im Ignorieren zwischenmenschlicher Spannungen ist er ein wahres Naturtalent. David traut sich am nächsten Morgen an meinen Frühstückstisch, obwohl ich dort bewusst ein Klima wie in der arktischen Tundra geschaffen habe. Unwirtlicher Lebensraum nennt man das, falls ich mich richtig an meinen Erdkundeunterricht erinnere.

Als wäre gestern nichts weiter geschehen, rührt er Zucker in seinen doppelten Espresso. Nebenbei scrollt er durch seinen Instagram-Feed. »Oliver ist in Hörnum auf dem Golfplatz.« Wie zum Beweis hält er mir seinen Bildschirm hin. »Ich sollte wohl aufbrechen«. Nachdenklich sieht er mich an. Seinem Blick ausweichend nehme ich den Teebeutel aus meiner Tasse und versuche, mich auf den Stolz zu konzentrieren, den ich wegen meines Koffeinverzichts verspüre.

»Es tut mir leid, dass du denkst, ich hätte den gestrigen Abend für dich versaut.«

Ich bleibe stumm, nehme einen Schluck Tee und starre ins Leere.

David nestelt unsicher an der Tischdecke herum und beobachtet mich aus dem Augenwinkel. Ohne eine Miene zu verziehen, widme ich meine volle Aufmerksamkeit dem Pain au Chocolat auf meinem Teller.

David blickt zwischen seinem Smartphone und mir hin und her. »Dann mache ich mich wohl mal auf den Weg«, sagt er schließlich.

Mit einem genervten Stöhnen schiebe ich meinen Teller weg. »Weder auf dem Platz noch auf der Driving Range oder im Clubhaus kommst du nahe genug an ihn ran, ohne dass er dich erkennt.« Nach kurzem Zögern füge ich hinzu: »Ich komme mit dir.« Commitment ist mein verdammtes Kryptonit. Sobald ich jemandem eine Rückmeldung, die Einhaltung einer Frist oder meine Hilfe zugesagt habe, tue ich alles in meiner Macht Stehende, um dieses Versprechen einzulösen.

So lasse ich schweren Herzens dieses köstliche Pain au Chocolat auf meinem Teller zurück und setze mich erneut in Davids Cabrio.

Wir sind schon hinter Westerland, als David sich traut, unser beider Schweigen zu brechen.

»Das, was du vorhin über die Möglichkeiten sagtest, an Oliver auf dem Golfplatz ranzukommen …, das klang so, als würdest du dich auskennen.« Er dreht seinen Kopf zu mir. »Spielst du?«

»Mein Vater ist passionierter Golfer. Schon als Teenager habe ich mit ihm zusammen Turniere gespielt. Mein Handikap ist auch heute noch einstellig.«

David sieht erneut zu mir herüber, macht aber keinerlei Bemerkung.

»Du spielst nicht«, stelle ich fest.

»Wieso denkst du, ich sei kein Golfspieler?«

»Sobald ich einem Golfer gegenüber erwähne, dass ich ein einstelliges Handikap habe, passiert eines von zwei Dingen. Gute Golfer wollen sofort wissen, wie mein Handikap exakt lautet. Und nicht ganz so geübte Golfer zeigen mir auf irgendeine Art, dass sie schwer beeindruckt sind.«

»Also bedeutet ein einstelliges Handikap, dass du gut spielst?«

Ich grinse. »Nein, mein Lieber, ein einstelliges Handikap bedeutet, dass ich *hervorragend* spiele.«

Wenig später fahren wir in eine kleine Ortschaft.

»Oh, wow. Das ist der Golfclub Budersand«, sage ich anerkennend, als wir das Schild zu einem großen Parkplatz passieren.

»Sollte mir das etwas sagen?«, fragt David spitz.

»Nicht als Nichtspieler. Das hier ist einer der besten Golfplätze Deutschlands. Vielleicht sogar *der* Beste. Ein echter Links-Course«, schwärme ich. »Hier würde ich unheimlich gern mal eine große Runde spielen.«

Nachdem wir geparkt haben, folgen wir der Beschilderung zum Clubhaus. Plötzlich schießt Davids Hand vor und stopp mich, bevor ich auch nur einen weiteren Schritt machen kann. »Links von uns, vorn bei dem Gebäude«, stößt er leise aus.

Ich folge seinem Blick. Ins Gespräch vertieft, kommt Oliver dort mit zwei Männern, die wir bisher noch nicht mit ihm gesehen haben, aus dem Clubhaus.

»Mist! Deckung!« Ich zerre David schnell hinter ein langgezogenes Gebäude und spähe um die Ecke. Puh. Keinen Moment zu früh, wie sich zeigt. Die drei Männer schlendern direkt an der Stelle vorbei, an der wir vor wenigen Momenten noch standen.

»Woher wusstest du, dass die hier langkommen würden?« Davids Stimme ist dicht an meinem Ohr.

»Das Starthaus liegt in dieser Richtung.« Ich krame mein Smartphone aus meiner Tasche und schiele auf die Uhrzeit. »Ich nehme an, die Herren haben für 11 Uhr ihren Abschlag reserviert.«

Wir sehen dem Trio zu, wie es entspannt den Hügel hinabschlendert. Ihre Golf-Trolleys rattern über die Pflastersteine des Weges.

»Kennst du Olivers Begleiter?« Ich flüstere, obwohl uns sicherlich auch bei normaler Gesprächslautstärke niemand hören kann. David schüttelt den Kopf.

Womöglich sind genau das die Leute, denen Davids Partner die Geschäftsgeheimnisse verkauft. Aber um das zu bestätigen, müssen wir irgendwie in ihre Nähe kommen. Auf dem Weg zum Clubhaus hatte ich auch eine Beschilderung für einen Pro-Shop gesehen und mir kommt eine Idee.

»Pass auf«, sage ich zu David. »Ich gehe schnell zum Shop und schaue, ob ich mir dort Equipment leihen und kurzfristig eine Startzeit vereinbaren kann.«

Er sieht mich irritiert an. »Wieso das denn?«

»Die sind zu dritt. Wenn ich allein spiele, sollte ich sie einholen können. Vielleicht kann ich sie bezirzen und sie lassen mich spontan in ihrem Flight mitspielen.«

»Louisa«, beginnt David, aber ich bin schon auf dem Weg zum Pro-Shop und tue so, als höre ich ihn nicht mehr.

Als ich fünfzehn Minuten später zurückkomme, sitzt David auf einem großen Stein entlang des Weges zum Starthaus und sieht mürrisch aus.

»Wo ist deine Perücke«, fragt er sofort, als er mich sieht. »Und wieso trägst du keine Sonnenbrille mehr?«

»Falls ich mich deinem Partner und seinen Freunden vorstellen muss, will ich ungern einen falschen Namen verwenden. Heute, wo doch nahezu jeder mit einigen Mausklicks überprüfbar ist, fällt es schon sehr auf, wenn du jemanden im Internet gar nicht findest. Oder wenn der Name nicht zu den Bildern passt, die die Suchmaschine ausspuckt. In einer Situation wie unserer sollten wir dadurch nicht unnötig Aufmerksamkeit auf uns ziehen. Nur eine Vorsichtsmaßnahme.«

David starrt mich an.

»Hey«, sage ich und boxe spielerisch gegen Davids Schulter. »So entgeistert, wie du mich ansiehst, sollte ich wohl beleidigt sein! Aber ich versichere dir, wenn es sich nicht um mein Liebesleben handelt, bin ich durchaus zu rationalem und analytischem Denken imstande.«

Geübt schultere ich mein Golfbag. »Mach's dir gemütlich.« Ich zwinkere David zu. »Das könnte ein paar Stunden dauern.«

»Stunden?«, stöhnt er und vergräbt mit einer dramatischen Geste sein Gesicht in den Händen.

Nach längerer Zeit wieder einen Platz zu spielen, fühlt sich großartig an. Noch dazu in dieser atemberaubenden Natur. Meerblick in zwei Richtungen, sanfte, von hohen Gräsern bewachsene Hügel, dazwischen top gepflegte Greens. Ich bin im Golferhimmel!

Aber ich darf mich von den Besonderheiten dieses Platzes nicht ablenken lassen, denn ich bin auf einer Mission hier. Schon nach zwei Abschlägen tauchen unsere Zielpersonen vor mir auf. Eine Strategie habe ich mir bereits zurechtgelegt. Um auf mich aufmerksam zu machen, lasse ich kurz die Schläger in meinem Golfbag aneinanderklappern während ich auf die Gruppe zuschlendere. Einer der drei, schütteres Haar, leicht untersetzte Figur, knallrotes Shirt zu weißer Hose, hat gerade aufgeteet. Nahezu gleichzeitig sehen sie alle in meine Richtung.

Ich knipse mein charmantestes Lächeln an und nicke zur Begrüßung.

»Moin, schöne Frau«, sagt der mit dem roten Shirt. »Moin«, wiederholen auch die anderen beiden.

»Lassen Sie sich von mir nicht aus der Ruhe bringen«, sage ich. »Ich habe viel Zeit mitgebracht, um auf diesem wunderschönen Platz zu spielen. Meine Golfpartnerin ist zwar kurzfristig erkrankt, aber ich wollte mir dieses Erlebnis nicht nehmen lassen. Und allein spielt es sich ehrlicherweise auch am entspanntesten.« In Seelenruhe stelle ich mein Golfbag ab, drehe den Herren meinen Rücken zu und beginne, einen meiner Schläger zu reinigen.

Der Typ in Rot versaut den Abschlag. Höfliche Spieler würden mir spätestens jetzt anbieten, durchzuspielen, also sie auf dem Platz zu überholen. Die drei aber wollen weibliche Aufmerksamkeit. Meine aber widme ich nach wie vor ausschließlich meinen Golfschlägern.

»Möchten Sie sich uns vielleicht anschließen?«

Tadaa. Es sieht aus, als gehe mein Plan auf. Lächelnd drehe ich mich um. Es war Oliver, der die Frage gestellt hat. Ich versuche mich an einem mädchenhaften Augenaufschlag, als ich einen Schritt auf ihn zugehe.

»Das ist sehr freundlich von Ihnen, aber ich möchte Ihr gemeinsames Spiel nicht stören.«

»Aber Sie stören doch nicht«, mischt sich der dritte im Bunde ein. Seine blassen Speckbeinchen stecken in Shorts, sein Bauch wird von einem Hawaiihemd verdeckt.

»Sind Sie sicher«, frage ich mit Piepsstimme in die Runde. Alle nicken.

Obwohl Golfer gern per Du und Vornamen auf dem Platz unterwegs sind, stelle ich mich bewusst mit vollem Namen vor. »Louisa Feldmann.«

Meine Hoffnung, dass die Herren es mir gleichtun, bestätigt sich Sekunden später.

»Oliver Wehgart.«

»Robert Schmidt.« Das Hawaiihemd.

»Thorsten Henningsen.« Der Mann in Rot.

Ich bitte die drei, ihr Spiel fortzusetzen und als Letzte abschlagen zu dürfen. Mit meinem Smartphone in der Hand entferne ich mich einige Schritte.

»Meine Herren, bitte entschuldigen Sie, meine Golfpartnerin meldet sich gerade vom Krankenbett.« Ich wende mich ab und tippe eine Nachricht mit den Namen von Olivers Begleitern an David.

Drei Abschläge später vibriert mein Smartphone in meiner Jackentasche, als Oliver gerade seinen Ball aufteet. Unauffällig nehme ich es heraus und finde eine Nachricht von David: *Schmidt und Henningsen arbeiten für den deutschen Ableger eines amerikanischen Konzerns und haben vor sechs Monaten einen unserer Konkurrenten übernommen. Vielleicht haben sie das gleiche mit uns vor und Oliver hilft Ihnen dabei?*

Möglich. Aber das würde er vermutlich nur tun, wenn auch für ihn jede Menge dabei herausspringt. Oder er wurde vielleicht in Davids Unternehmen eingeschleust? Ich muss die restliche Zeit auf dem Platz nutzen, um noch mehr herauszufinden.

Leichter gedacht als getan, denn die Männer sind untereinander durch meine Anwesenheit natürlich nicht sonderlich gesprächig.

»Spielen Sie häufig zusammen?«, frage ich unschuldig in die Runde und ernte ein Schulterzucken.

»Ab und an«, antwortet Oliver ausweichend.

»Machen Sie hier auf der Insel Urlaub?«

Die Männer tauschen einen Blick aus.

»Sagen wir einfach, wir verbinden hier das Schöne mit dem Nützlichen«, meint Robert schließlich.

»Und woher kennen Sie sich?«

»Woher kennt *ihr* euch«, verbessert mich Robert. »Wollen wir nicht lieber Du sagen?«

Lächelnd nicke ich.

»Ihr kennt euch woher?«, versuche ich es erneut.

»Gleiche Branche«, murmelt Thorsten, der der Stillste und am wenigsten Zugängliche in der Gruppe zu sein scheint.

»Ah, wie schön, dann arbeitet ihr also zusammen«, bemerke ich enthusiastisch. Leider fühlt sich keiner dazu bemüßigt, die Art der Zusammenarbeit näher zu erläutern. Da ich nicht so wirken darf, als würde ich sie bewusst ausfragen, beschränke ich mich im weiteren Spiel zunächst auf Small Talk. Zumindest vordergründig versuche ich, auch viel über mich selbst preiszugeben, um ihr Vertrauen zu gewinnen. So schaffe ich es, in Erfahrung zu bringen, dass Robert und Thorsten in der Nähe von Stuttgart leben, dass alle drei große Fans schneller Autos sind und Robert damit liebäugelt, den Flugschein für Privatpiloten zu machen. Teure Interessen und Hobbys, mache ich mir eine mentale Notiz. Vielleicht haben sie deshalb begonnen, geschäftlich nicht ganz legale Wege einzuschlagen?

Als Oliver den Flaggenstock auf unserer letzten Bahn zurück ins Loch stellt, habe ich immer noch keine hilfreichen Erkenntnisse gewonnen. Vielleicht kann ich sie überreden, noch gemeinsam auf einen Kaffee ins Clubhaus zu gehen?

»Meine Herren«, rufe ich überschwänglich. »Das war ein schönes Spiel in angenehmer Begleitung. Vielen Dank, dass ich mich euch anschließen durfte.«

Die drei tauschen Blicke aus.

»Louisa«, wendet sich Oliver an mich. »Würdest du uns die Ehre erweisen, heute Abend gemeinsam mit uns einen Drink zu genießen?«

Ich zögere. Schließlich bauche ich auch Zeit, um mich der Beschattung von Karsten und seiner Nebenfrau zu widmen. Und was ist, wenn ich den beiden zufällig ohne Verkleidung begegne, weil mich diese drei Herren hier nun als Louisa Feldmann in der Werksausführung kennengelernt haben und ich heute Abend schlecht als Louisa 2.0 um die Ecke kommen kann?

»Das ist ein wenig davon abhängig, wo es hingehen soll«, versuche ich, Zeit zu schinden.

Alle drei Männer reden durcheinander. Jeder versucht den anderen mit einem Vorschlag zu übertrumpfen. Sie einigen sich schließlich auf eine Bar mit großer Terrasse auf der sogenannten Whiskey-Meile von Kampen.

»Wie wär's, wenn wir dort zu viert einen Sundowner einnehmen?« Oliver sieht mich erwartungsvoll an.

Es ist eine weitere Chance, hinter die mögliche Intrige gegen Davids Unternehmen zu kommen. Sobald der Alkohol heute Abend ihre Zungen gelockert hat, kriege ich vielleicht etwas raus, das uns weiterbringt.

»Okay, dann treffen wir uns dort um halb neun?« Ich werfe einen Blick auf mein Handy und täusche vor, einen Anruf zu erhalten. »Bitte entschuldigt, ich muss jetzt wirklich los. Wir sehen uns heute Abend«, rufe ich und biege mit dem Telefon am Ohr auf den Weg zum Clubhaus ein.

Kapitel 15

David weicht mit großen Augen einen Schritt zurück, als ich ihm die Tür öffne. »Wow!« Er lässt seinen Blick über meinen Körper wandern, der in einem enganliegenden senfgelben Kleid steckt, das durch einige Cutouts meine Schulterpartie betont. An meinen rotgeschminkten Lippen bleibt er einen Moment lang hängen, erst dann sieht er mir in die Augen. »Ich glaube nicht, dass ich dich heute Abend hier aus dem Zimmer lassen kann«, sagt er mit ernster Miene. »Denn sobald ich das tue, werde ich ausschließlich damit beschäftigt sein, lästige Verehrer abzuwimmeln.«

»Keine Sorge«, winke ich ab und werfe ihm einen möglichst lasziven Blick zu. »Du bist der Einzige, mit dem ich heute Abend dieses Etablissement in Kampen verlassen werde.«

Davids Augen werden größer.

»Krieg bloß keine falsche Vorstellung! Ich trage meinen ganz persönlichen Keuschheitsgürtel in Form wenig schmeichelhafter Thermounterwäsche. Die Temperaturen sind hier am Abend ja leider alles andere als sommerlich!«

Davids Blick klebt an meinem Körper. Offenbar scheint er sich gerade vorzustellen, wie ich in dieser Thermounterwäsche aussehe. Und seinem Gesichtsausdruck nach zu urteilen, stellt er sich dies nicht einmal im Ansatz realitätsnah vor. Bevor gleich noch Speichel aus seinem Mundwinkel tropft, unterbreche ich lieber seine Gedanken. »Hast du die Liste dabei?«

David war zwar nicht begeistert, als ich ihm nach dem Golfen eröffnet habe, auch noch den Abend mit den Männern zu verbringen, die möglicherweise dabei sind, sein Unternehmen zu ruinieren, aber wir waren uns schnell einig, dass ein Abend in lockerer Atmosphäre eine gute Gelegenheit sein könnte, um Oliver doch noch in die Karten zu schauen.

Im Gegensatz zu meiner Spontanaktion auf dem Golfplatz will ich für heute Abend wesentlich besser vorbereitet sein. David hat für mich eine Liste mit Fragen erstellt, die hoffentlich unauffällig und doch spezifisch genug sind, um herauszufinden, was die beiden Stuttgarter mit Oliver verbindet.

Wir sind früh dran. David hat darauf bestanden, dass wir uns bereits Viertel nach sieben auf den Weg nach Kampen machen.

»Möchtest du vorher noch beim Hotel der drei Stellung beziehen?«

»Nö«, antwortet er knapp und seine Mundwinkel zucken dabei verdächtig.

»Gehen wir noch einen Happen essen?«

»Nö.«

»David, wieso zum Henker sind wir dann so früh unterwegs?«

»Überraschung.«

Mehr ist nicht aus ihm rauszubekommen.

»Hat Oliver zufällig mal erwähnt, worauf er bei Frauen so steht?« Ich zwirbele eine Haarsträhne um meinen Finger und schiele zu David hinüber.

»Was?«

»Na, ich dachte, falls ich ihn mit Wein und Schnaps heute Abend nicht zum Reden bringe, versuche ich es mal mit Bettgeflüster«, kichere ich.

David sieht mich mit einem unergründlichen Blick von der Seite an. »Du machst mir Angst.«

Zwei Minuten später stellt er auf einem proppenvollen Parkplatz in Wenningstedt den Motor ab. Ich sehe mich um.

»Was machen wir hier?«

»Du sollst doch schließlich etwas von deinem ersten Urlaub auf Sylt haben.« David öffnet die Autotür für mich und hält mir seine Hand hin. »Komm schon, Prinzessin, ich verspreche, es wird dir gefallen!«

Wir gehen einen Pfad in den Dünen entlang in Richtung Norden und als wir die letzte Biegung des Weges verlassen, bietet sich uns ein einzigartiges Panorama.

»Voilà, das berühmte Rote Kliff. Wenn du das nicht zumindest einmal in der Abendsonne gesehen hast, warst du nicht wirklich auf Sylt.«

Fasziniert blicke ich auf das Naturschauspiel, das sich mir bietet. Vor uns liegt eine bestimmt dreißig Meter tief abfallende Steilküste, die aus roter Erde zu bestehen scheint. Angestrahlt von der tiefstehenden Sonne wirkt es so, als würde der Sand aus sich selbst heraus leuchten. Bisher kannte ich nur felsige Steilküsten, zum Beispiel im Mittelmeerraum oder in Irland, aber die hier sieht aus, als könne man sie mit einer Schaufel einfach abtragen.

Auf einem Holzsteg schlendern wir eine Weile an der Abbruchkante entlang und genießen die letzten Sonnenstrahlen. Um uns herum wuseln händchenhaltende Paare, Spaziergänger mit Hund und etliche Familien, dennoch habe ich das Gefühl, diesen Moment gerade nur mit David zu erleben.

Irgendwann sieht David auf seine Uhr. »Du musst dich auf den Weg machen«, sagt er leise und es klingt, als würde er dies ebenso bedauern wie ich. Er erklärt mir, wie ich zum Lokal komme, wo ich Oliver und Co treffen soll, dann lasse ich David ein wenig widerwillig zurück. Da sein Partner ihn nicht entdecken darf, wird er mir mit dem Auto zum Restaurant folgen und dort einen geeigneten Beobachtungsposten beziehen.

Ich erspähe die Herren schon von der Straße aus im großen Außenbereich der Bar, der mit weißen Hochtischen, goldfarbenen Barstühlen und Sonnenschirmen mit goldfarbenem Muster ausgestattet ist. Unzählige Windlichter auf den Tischen, entlang des Tresens und der hüfthohen Mauer, welche die Terrasse zur Straße hin abtrennt, sorgen für einen romantischen Touch. Robert und Oliver tragen Partnerlook. Vermutlich nicht beabsichtigt. Beide haben rote Chinos und hellblau-weiß gestreifte Hemden an. Rote Hosen scheinen generell beliebt zu sein hier in Kampen. Diese Farbe konnte ich in den vergangenen Tagen schon häufiger erspähen. Oliver hat seine Haare zurückgegelt. Alle drei haben die Ärmel ihrer Hemden etwas aufgekrempelt, um die teuren Armbanduhren an ihren Handgelenken zu zeigen. Bei Thorsten schaut sogar ein Goldkettchen aus dem für meinen Geschmack sehr weit aufgeknöpften Hemdkragen. Ich muss mich konzentrieren, um nicht laut loszulachen.

Neben ihrem Tisch steht ein Sektkühler mit einer Flasche Taittinger. Genau so hatte ich mir Sylt bisher vorgestellt. Protzig. Dekadent. Anziehungspunkt für die Neureichen.

Oliver entdeckt mich als Erster und winkt mit beiden Händen, als müsse er ein Flugzeug einweisen. Ich bemühe mich um ein halbwegs natürliches Lächeln und bahne mir einen Weg durch die bereits leicht alkoholisierte Menge. War das gerade eine Hand an meinem Po? O Mann, wo bin ich hier nur gelandet?

»Einen wunderschönen guten Abend, die Herren«, grüße ich in die Runde, als ich es endlich zum richtigen Tisch schaffe.

»Wir waren so frei und haben schon mal etwas bestellt.« Robert füllt ein Glas mit Champagner und reicht es mir. »Das ist hoffentlich nach deinem Geschmack, meine Schöne.«

Na dann, lasset die Spiele beginnen! Wir stoßen an und ich nippe nur leicht an meinem Champagner. Sanfte Loungemusik schafft eine lockere Atmosphäre und ich hoffe, der Alkohol wird bei unseren Verdächtigen für weitere Entspannung sorgen. Ich muss es schaffen, die drei möglichst gut abzufüllen, während ich selbst fast nüchtern bleibe. So gelingt es mir hoffentlich, die gewünschten Informationen aus ihnen herauszubekommen. Unauffällig sehe ich mich um und entdecke einen Blumenkübel auf der anderen Seite unseres Hochtisches. Perfekt!

Nachdem ich mich kurz zum Nase pudern entschuldigt habe, kehre ich auf der Seite des Blumenkübels an unseren Tisch zurück und werde dort bis zu meinem Abgang aus diesem Lokal wie angewurzelt auf meinem Barhocker sitzen bleiben.

Im Laufe des Abends erprobe ich mehrere Möglichkeiten, mein volles Glas zu leeren, ohne einen Schluck daraus zu trinken. Da gibt es die bereits bekannte ›Ab-in-den-Blumenkübel-Technik‹. Oder die ›Huch-jetzt-hab-ich-was-verschüttet-Technik‹. Als sehr effizient erweist sich auch die ›Uuupsi-aus-Versehen-mein-Glas-umgestoßen-Technik‹.

So langsam nähern sich die Männer dem Promille-Niveau, auf dem ich sie haben möchte. Im Kopf gehe ich Davids Liste mit Fragen nochmals durch und wage mich mit einer Testfrage vor. »Ich möchte nicht so erscheinen, als hätte ich euch heute Vormittag nicht richtig zugehört«, säusele ich. »Aber ich war wohl durch unser intensives Golfspiel etwas abgelenkt. In welcher Branche arbeitet ihr noch gleich?«

»Messtechnik und Sensorik«, antwortet Thorsten brav. Ha, vielleicht sollte ich dem Stillen in unserer Runde etwas mehr Aufmerksamkeit widmen. Ich rücke etwas näher an ihn heran.

»Puh, darunter kann ich mir gar nichts vorstellen«, kichere ich und lege eine Hand auf Thorstens Arm. »Oder sprechen wir hier von Badezimmer- und Küchenwaagen?«

Kaum ist meine Frage raus, stürzt sich Goldkettchen in einen Vortrag über die Ursprünge und Entwicklung der Branche, erzählt von der hiesigen Ingenieurskunst und der harten Konkurrenz aus Asien. Tja, so sind sie, die Männer, wenn sie einer Frau die Welt erklären können. Innerlich rolle ich mit den Augen, während ich ihn weiterhin anhimmle.

Da Oliver und Robert selbstverständlich nicht Thorsten das Feld überlassen können, sind plötzlich alle damit beschäftigt, mir einen Brancheneinblick zu geben.

»Dann seid ihr also alle Ingenieure«, werfe ich in den Raum, als der Redefluss der Herren abflaut.

»Eher New Business«, reißt Robert das Wort an sich. »Wir sorgen dafür, dass unsere Firma auch morgen noch Geschäft macht.«

»Ach, ihr arbeitet im gleichen Unternehmen?«, versuche ich das Gespräch aufrechtzuerhalten.

»Mehr oder weniger«, brummt Robert. Höre ich da ein leichtes Lallen?

»Sozusagen Schwesterunternehmen«, ergänzt Oliver eifrig. Ein Lächeln schleicht sich in mein Gesicht, denn von Davids Firma, für die Oliver offiziell tätig ist, spricht er dabei nicht.

»Und die Geschäfte entwickeln sich in die richtige Richtung?«

»Na klar, dafür sorgen wir schon«, grinst Robert selbstzufrieden und gießt sich noch Champagner nach. Ja, trink, Robertlein, trink!

»Das ist schön, wenn man Kollegen hat, mit denen man so gut zusammenarbeitet!« Ich proste den dreien zu. »Wie lange kennt ihr euch schon?«

»So drei Jahre, würde ich sagen«, hickst Oliver.

Oha, so langsam haben die Jungs wohl genug intus. Ich bemühe mich, noch ein wenig mehr aus ihnen rauszubekommen, aber so wirklich Gehaltvolles ist nicht mehr dabei.

Kurz vor elf kündige ich meinen Abgang an. »Meine Herren«, sage ich und bin um ein möglichst verführerisches Lächeln bemüht. »Das sollten wir bei Gelegenheit wiederholen.«

Die drei sehen sich mit glasigen Augen an. »Also morgen steht für uns ein wichtiges Meeting an«, sagt Oliver, sichtlich um einen klaren Gedanken bemüht. »Aber wie wäre es übermorgen mit einem gemeinsamen Brunch auf der Terrasse unserer Suite? Die servieren dort außergewöhnliche Leckerbissen zum Frühstück.«

»Und wer kann einem Leckerbissen am Morgen schon widerstehen?«, säusele ich und bemühe mich um einen lasziven Augenaufschlag.

»Da gehst du auf keinen Fall hin!«, ist der erste Satz aus Davids Mund, als ich ihm auf der Rückfahrt nach List von der Einladung zum Brunch erzähle. »In einer Suite oder auf einer privaten Hotelterrasse kann ich dich nicht im Auge behalten. Ich würde mir nie verzeihen, wenn einer oder sogar alle drei übergriffig werden und dir etwas passiert.« Es wirkt, als laufe ihm bei diesem Gedanken ein Schauer über den Rücken. »Dass diese Wiesel dich heiß finden, konnte ich sogar aus mehreren hundert Metern Entfernung sehen.«

»Ach Quatsch. Die fühlen sich bloß gebauchpinselt, dass eine Frau ihnen so viel Aufmerksamkeit schenkt. Und außerdem warst du gerade noch sehr begeistert von den Dingen, die die drei heute Abend ausgeplaudert haben. Gerade jetzt müssen wir dranbleiben.«

»Nein, Louisa, wenn ich keine Möglichkeit habe, im Notfall einzugreifen, dann machen wir das nicht.« Davids Hände verkrampfen sich um das Lenkrad.

»Als Studentin habe ich ein paar Jahre lang Aikido trainiert. Das war dann vorbei, als ich meinen ersten Job anfing und merkte, dass sich 80-Stunden-Wochen und eine ausgewogene Freizeitgestaltung nicht ganz so gut vertragen.«

David sieht mich erstaunt an. »Aikido?«

»Eine japanische Kampfkunst. Rein defensiv. Bestimmt kriege ich die ein oder andere Abwehrtechnik noch zusammen. Sagt man nicht, der Körper erinnert sich automatisch an Bewegungsabläufe, die er unzählige Male geübt hat?«

Auf dem Weg vom Auto zum Hoteleingang schnappt David mich plötzlich von hinten. Die Finger seiner linken Hand graben sich in meinen Nacken, sein rechter Arm umschlingt meine Taille. Blitzschnell greife ich mit beiden Händen nach seiner Hand in meinem Nacken und packe kräftig zu. Dann drehe ich mich ruckartig darunter hindurch. Dabei versuche ich darauf zu achten, David nicht den Arm auszukugeln. Bei einem echten Angreifer wäre ich natürlich weniger zimperlich. Aber ich ahne schon, dass David nur austesten will, ob ich mich im Notfall gegen Oliver und seine halbseidenen Kumpane zur Wehr setzen könnte.

Meine rechte Hand umfasst seine, zieht sie in einer drehenden Bewegung nach unten und übt immer mehr Druck aus. Vor mir geht David langsam in die Knie, versucht dem Schmerz auszuweichen, der durch seine Hand und seinen Arm bis in seine Schulter zuckt. Noch ein ganz klein wenig erhöhe ich den Druck. David keucht.

»Ja.« Grinsend blicke ich auf ihn hinunter. »Der Körper erinnert sich.«

Kapitel 16

♡

Seit zwanzig Minuten liegen wir vor dem Hotel auf der Lauer, in dem Oliver und seine beiden Partner abgestiegen sind. Ich gähne herzhaft. Richtig wach fühle ich mich noch nicht, denn es war bisher nicht einmal Zeit für einen Kaffee. David hat darauf bestanden, um sieben Uhr aufzubrechen, damit wir diesen wichtigen Termin, von dem die drei gestern Abend sprachen, ja nicht verpassen.

Im Innenspiegel der Sonnenblende überprüfe ich den Sitz meiner Perücke, als mein Handy in meiner Tasche zum bestimmt zehnten Mal an diesem Morgen brummt. Gerade, als ich es herausnehme, um die eingegangene Nachricht zu checken, geht ein Anruf ein. Meine Mutter. Ich drücke sie weg und sehe mir stattdessen die letzten Nachrichten an.

»Du bist heute eine gefragte Frau«, bemerkt David lächelnd und versucht gar nicht mal so unauffällig einen Blick auf die Nachricht zu werfen, die ich gerade öffne. Sie strotzt vor Blumenstrauß- und Sektkorken-Emojis. Davids fragender Blick geht zwischen meinem Smartphone und meinem Gesicht hin und her. »Louisa, hast du heute Geburtstag?«

Ich nicke.

Ohne ein Wort lässt er den Wagen an und stößt rückwärts aus unserer Parklücke.

»Was machst du denn?«, will ich wissen. »Oliver ist doch noch immer da drin!«

David sieht stur geradeaus und lenkt den Wagen weg vom Hotelparkplatz. Moment, ist das Karstens Mietwagen, der gerade in die Straße von Olivers Hotel einbiegt? Ich verrenke mir fast den Hals, als ich versuche, einen weiteren Blick auf das Auto zu erhaschen. Farbe und Modell stimmen. Aber habe ich tatsächlich Karsten am Steuer gesehen? David scheint nichts bemerkt zu haben und fährt auf die Hauptstraße Richtung Westerland. Mir ist immer noch schleierhaft, was er vorhat. Vielleicht muss er etwas in der Stadt besorgen? Doch anstatt einen der Parkplätze anzusteuern, biegt er kurz vor dem Westerländer Bahnhof links ab und fährt immer weiter in den Westen der Insel. Vorbei an Weiden und Bauernhöfen, kleinen und großen Reetdachhäusern, in immer spärlicher besiedelte Gegenden.

Nach einer Weile halten wir vor einem unscheinbar wirkenden weißen Gebäude mit einer doppelflügeligen Holztür, an der einige Tafeln befestigt sind. Bevor ich auch nur fragen kann, was wir hier wollen, hat David bereits das Auto verlassen. Verdutzt schaue ich zu, wie er hinter dem Wagen verschwindet und bin wenige Sekunden später noch verwirrter, als er plötzlich auf meiner Seite auftaucht und mir die Autotür öffnet.

»Prinzessin«, sagt er lächelnd und macht eine einladende Geste. »Es tut mir leid, dass ich dir an deinem Geburtstag ein königliches Frühstück vorenthalten habe. Darf ich es wiedergutmachen?«

Immer noch völlig überrascht nehme ich seine Hand. David führt mich in das weiße Gebäude, an einer Verkaufstheke vorbei in einen Café-Bereich, der mich mit seiner rot-beige-gestreiften Tapete ein wenig an einen britischen Tea-Room erinnert. Wir nehmen an einem kleinen Tisch in der Ecke Platz. Ich habe nicht einmal Zeit, einen Blick in die Karte zu werfen, als David bereits bei einer freundlichen Mitarbeiterin das Friesenfrühstück, einen Cappuccino und eine Orangenschokolade für uns bestellt. Gerade will ich protestieren, als er schon abwehrend die Hände hebt. »Nachdem das mit dem Bestellen für uns beide bisher so gut geklappt hat, dachte ich, wir könnten das beibehalten.« Frech grinst er mich an.

Er behält recht. Davids Bestellkünste müssen tatsächlich magisch sein. Woher weiß er nur so genau, was mir schmecken könnte? Das ist schon fast unheimlich. Die heiße Schokolade mit Orangenlikör und Sahne ist der Wahnsinn. Ich denke lieber nicht daran, dass sie vermutlich achttausend Kalorien hat, denn sonst kann ich nicht weiter von den Leckereien des Friesenfrühstücks naschen.

»Warum Karsten?«, platzt es aus David heraus, als ich meine Gabel mit Rührei und Flusskrebsfleisch beladen habe.

Erstaunt sehe ich auf, etwas Krebsfleisch kullert zurück auf den Teller. »Was meinst du?«

»Ich frage mich, was eine intelligente, schlagfertige, erfolgreiche und wunderschöne Frau wie dich dazu bringt, einem Ehebrecher hinterherzulaufen. Der Typ muss etwas ganz Besonderes sein, wenn du einen Vertrauensbruch wie diesen verzeihen kannst.« Seine dunklen Augen halten meinen Blick gefangen.

Wie gern würde ich David jetzt die Wahrheit sagen. Ihm klarmachen, dass eine Zukunft mit Karsten für mich niemals Frage kommt.

»Darüber habe ich mir in den letzten Tagen auch viele Gedanken gemacht.« Ich merke, wie ich rot werde, denn ich will mit meiner Erklärung möglichst nah an der Wahrheit bleiben. Mein schlechtes Karma möchte ich nicht weiter ins Negative treiben, indem ich aus meiner halbgaren Beziehung mit einem Lügner die Romanze des Jahrhunderts mache.

»Die Antwort, zu der ich gekommen bin, klingt furchtbar unromantisch.« Interessiert beugt sich David vor. »Es ist leicht mit Karsten. Seit dem Beginn meines Studiums ist er der erste Mann, bei dem ich mich nicht für mein Arbeitspensum rechtfertigen muss. Der mir nicht ständig damit in den Ohren liegt, dass mir der Job wichtiger sei als unsere gemeinsame Zeit. Karsten hat sein eigenes Leben, das sich nicht über die Beziehung mit mir definiert. Dass es in diesem Leben schon eine Frau gibt, konnte ich ja nicht ahnen.« Das hört sich schrecklich an, obwohl es der Wahrheit entspricht. »Er ist zielstrebig und erfolgreich in dem, was er tut. Das finde ich sehr anziehend. Ich mag seine weltgewandte Art und seine Fähigkeit, mühelos ein interessantes Gespräch mit Fremden aufzubauen«, füge ich deshalb schnell noch hinzu.

Nachdenklich dreht David die leere Cappuccinotasse in seinen Händen. »Und das reicht dir?«, fragt er schließlich leise, ohne mich anzusehen.

Nein, will ich laut rufen. Nein! Das reicht mir nicht. Es ist, als hättest du mich vor einigen Tagen im Watt wachgeküsst, und ich schäle seitdem Schicht für Schicht der Pseudo-Beziehung mit Karsten ab. Jeden Tag sehe ich mehr von dem, was wir nie hatten. Ich sehe es in deinen Blicken, höre es in den Worten, die du zu mir sagst, spüre es jedes einzelne Mal, wenn du mich berührst. Allein, wenn du mich anlächelst, fühle ich Dinge, die ich bei Karsten nie gefühlt habe. Aber all das sage ich nicht.

Bevor wir uns auf den Weg zum Auto machen, kaufe ich im Ladencafé noch ein Glas Sylter Heidehonig als Mitbringsel für meine Mutter. Beim Wagen angekommen, nimmt mir David lediglich meinen Honig ab und deponiert ihn im Kofferraum. »Wir gehen zu Fuß«, sagt er ohne weitere Erklärung.

David führt mich an Feldern mit Schafen und sogar einigen Shetlandponys vorbei bis zu einem Holzsteg, der in einer Aussichtsplattform mündet. Von hier aus reicht mein Blick über Heidelandschaften und das Wattenmeer, wo gerade Flut herrscht. Aber das Beeindruckendste ist eine in unterschiedlichsten Sandfarben schimmernde Steilküste.

David macht einige Fotos mit seinem Handy. »Hier sind Gesteinsschichten aus Millionen Jahren Erdgeschichte zu sehen«, sagt er und ich kann spüren, wie sehr ihn diese Tatsache selbst fasziniert. Wir wandern am Kliff entlang, ich atme die salzige Luft ein und genieße die Ruhe. Bisher sind uns in den letzten eineinhalb Stunden gerade einmal zwei Menschen entgegengekommen. Und ich glaubte bisher, Sylt sei überlaufen.

»Ich denke, wir sollten langsam los«, reißt David mich aus meinen Gedanken.

Klar wir müssen ja immer noch herausfinden, über welches wichtige Meeting Oliver und seine Kumpane gestern gesprochen haben.

Auf dem Rückweg zum Auto frischt der Wind ordentlich auf. Ich halte meine Perücke fest und nehme einen Seidenschal aus meiner Tasche, den ich um meine künstlichen Haare binde. David sieht mir lächelnd dabei zu. Dann hält er sein Gesicht in den Wind. »Ich liebe diese steife Brise. Die hilft dabei, den Kopf durchzupusten und ihn von den falschen Prioritäten zu befreien.« Ein Seitenblick trifft mich. »Mir zumindest.«

Beim Auto angekommen, macht David das Verdeck zu und los geht's zurück nach Kampen. Das dachte ich jedenfalls bis zu diesem Augenblick, denn an einem Straßenschild, auf dem Kampen ausgeschildert ist, biegen wir in die entgegengesetzte Richtung ab.

Ich sehe David fragend an und lege den Kopf schief. »Wo genau fahren wir hin?«

Er zwinkert mir zu. »Geburtstagsüberraschung.«

»Aber die hatte ich doch gerade schon.«

»Ich finde, du verdienst mehr als eine.«

Keine zehn Minuten später biegen wir in einen Parkplatz vor einem wunderschönen Gebäude ein, das an die Bäderarchitektur oder an historische Häuser in den Südstaaten der USA erinnert. Eine lange Veranda mit filigranen Holzverzierungen an der Überdachung ist der absolute Blickfang.

Auf ebendieser Veranda sitzen wir jetzt und genießen die Aussicht auf einen kleinen Hafen mit wenigen Booten. Ich lasse meinen Blick über die Umgebung schweifen und bin verwundert, dass hier am Wasser nicht alles zugebaut ist. Keine Promenade, keine zehn Eiscafés. Nur wenige Gebäude, Natur und Ruhe. Schon wieder diese unerwartete Ruhe.

David folgt meinem Blick. »Ich mag die kleinen, etwas unscheinbareren Orte auf Sylt sehr. Hier in Munkmarsch hat man gar nicht das Gefühl, auf einer Insel zu sein, die im Jahr von über 900 000 Gästen besucht wird, oder?«

»Zwei Espressi, bitte«, sagt David rasch, als der Kellner uns nach dem Mittagessen fragt, ob es noch ein Dessert sein darf. Fast entschuldigend blickt er zu mir herüber. »Du bekommst natürlich etwas Süßes. Aber zum Nachtisch wartet Überraschung Nummer drei auf dich.«

Inzwischen habe ich mich ganz auf das spontane Geburtstagsprogramm eingelassen und bin sehr dankbar, dass David mir so viele schöne Ecken der Nordseeinsel zeigt.

»Lust auf einen Verdauungsspaziergang?«

»Na klar, wir müssen schließlich Platz für den Nachtisch schaffen, richtig?«

»Ganz genau, Prinzessin.« Lachend zieht David mich von meinem Stuhl hoch und hält ganz selbstverständlich meine Hand, als er mich von der Restaurantterrasse in

Richtung eines schmalen Weges lenkt, der am Wattenmeer entlangführt. Wir haben den Pfad fast erreicht, als ich David dabei erwische, wie er auf unsere miteinander verschlungenen Hände sieht und sich sein Griff löst. Ganz langsam zieht er seine Hand aus meiner zurück, seinen Blick hat er dabei abgewendet.

Nach einer kurzen Strecke erreichen wir eine leicht gebogene Holzbrücke. Unvermittelt bleibt David stehen, stoppt mich mit einem Griff an meinen Ellbogen und fixiert mich mit einem ernsten Blick. »Hast du mich angelogen, Louisa?«

Erschrocken halte ich den Atem an. Weiß er, dass ich ihn beschwindelt habe, was den wahren Grund betrifft, wieso ich Karsten beschatte?

»Das ist die sogenannte Lügenbrücke«, erklärt David, lässt meinen Arm los und macht einen ersten Schritt auf die Brücke. »Man erzählt sich, dass sie einstürzt, sobald ein Lügner versucht, sie zu überqueren.«

Unwillkürlich zögere ich. David tritt näher an mich heran. »Schiss, Prinzessin? Na, was hast du zu verbergen?«

»Ich? Gar nichts! Du kennst doch schon all meine wenig schmeichelhaften Geheimnisse.« Schnell schicke ich ein künstlich klingendes Lachen hinterher. O Mann, das ist schlecht für mein Karma. In einem nächsten Leben werde ich bestimmt als Wattwurm wiedergeboren und muss den Meeresgrund umpflügen.

Der Weg führt uns nach Keitum, wo es nach Davids Meinung das beste Softeis der Insel gibt. Keine fünf Minuten später halten wir beide eine Waffel mit einem süßen Strudel aus Vanille- und Schokoeis in der Hand. Zwar hatte ich noch nicht die Möglichkeit, sämtliche Softeis-Variationen hier auf Sylt zu testen, aber wie bisher hat Mr. Sexy nicht zu viel versprochen. Das cremig-kalte Vergnügen weckt sofort einige Kindheitserinnerungen an Sonntagnachmittage im Zoo, als meine Eltern noch ein Paar waren und wir die Wochenenden immer gemeinsam verbrachten.

»Hast du Lust auf einen Rundgang durchs Dorf? In Keitum gibt es viele alte Friesenhäuser, die aus dem 18. Jahrhundert stammen oder sogar noch älter sind«, dringt Davids Stimme in meine Gedanken.

»Nach diesem kulinarischen Verwöhnprogramm folge ich dir willenlos«, murmele ich und werde ein wenig rot dabei. Zum Glück lässt David mein Geständnis unkommentiert. In ein angenehmes Schweigen gehüllt schlendern wir baumbestandene Gassen und Wege entlang, spähen in prächtig bepflanzte Gärten und bewundern die alten Häuser unter Reet.

Wir kommen an einem hölzernen Gartentor vorbei, auf dem etwas eingraviert ist. Ich fahre die Buchstaben mit dem Finger nach. »Rüm hart – klaar kiming«, lese ich leise vor und schaue fragend zu David.

»Weites Herz – klarer Horizont«, sagt er mit einem sanften Lächeln. »Ein friesischer Wahlspruch, der dir hier auf Sylt sicherlich noch häufiger begegnen wird.«

Sachte streiche ich nochmals über das Holz. Weites Herz. Klarer Horizont. Ich merke, wie mir Tränen in die Augen steigen und meine Brust sich zusammenzieht. Beim Lesen dieses alten Spruchs wird mir klar, dass mein Herz gerade alles andere als weit ist und mein Horizont nebel-verhangen. Das sich immer weiter auftürmende Lügen-gebirge macht mir zu schaffen. Wie gern möchte ich David sagen, was wirklich Sache ist. Gleichzeitig will ich Lena und Stephanie nicht enttäuschen oder für sie einen Risikofaktor hinzufügen.

Möglichst unauffällig drehe ich mich von David weg, kann meine Tränen kaum noch zurückhalten. Ich suche nach einem Taschentuch, als plötzlich eines vor meinem Gesicht auftaucht. David steht hinter mir, jedoch ohne mich zu berühren, und hält es mir hin. Dankbar nehme ich es an, atme dabei Davids Duft ein und würde mich am liebsten nach hinten in seine Arme fallen lassen.

***

Zwei Stunden später sind wir zurück im Hotel. David hat auf der Rückfahrt immer wieder Andeutungen dazu gemacht, dass er auch für den Rest meines Geburtstages noch Pläne hat, aber er will keine Details rausrücken.

»Du brauchst bequeme Schuhe, eine lange Hose und nimm eine Jacke mit. Wir sehen uns in zehn Minuten wieder hier in der Lobby.«

»Hey, hetz mich nicht so. Ich bin schließlich das Ge-burtstagskind.«

»Okay, du hast fünfzehn Minuten.« Damit ver-schwindet David rasch außer Sichtweite. Ich beeile mich mit dem Umziehen, denn ich bin wahnsinnig gespannt darauf, was jetzt noch folgen soll. Und was laut David alles Bisherige in den Schatten stellen wird.

Was hat der Mann bloß vor? Oder – die viel wichtigere Frage – wieso tut er das für mich?

David wartet bereits, als ich exakt fünfzehn Minuten später aus dem Fahrstuhl in die Lobby trete. Er trägt einen grauen Rucksack mit einem Aufdruck des Hotellogos, den ich vorher noch nicht bei ihm gesehen habe.

Als wir das Hotel verlassen, steht neben meinem hellblauen Fahrrad eines in altrosa. Verlegen streicht David über den Sattel. »Es ... ähm, es gab leider kein anderes mehr.«

Als Geburtstagskind zeige ich selbstverständlich Größe und ziehe ihn nicht deswegen auf.

Gut gelaunt radeln wir durch den nördlichen Teil von List, an einer Jugendherberge vorbei und mitten hinein in ein wunderschönes Naturschutzgebiet. Wir sind umgeben von Dünengras, sandigen Hügeln und in der Ferne kann ich einen Leuchtturm erkennen. Bestimmt ist das unser Ziel.

Aber ich liege falsch, denn wir lassen das Feuerzeichen hinter uns und biegen ein ganzes Stück weiter links in Richtung eines breiten Sandstrands ein. Dort angekommen, nimmt David eine große Decke aus seinem Rucksack und breitet sie auf dem Sand aus. »Du stehst jetzt übrigens am nördlichsten Punkt Deutschlands«, sagt er nebenbei.

»Wirklich? Oh wow, ich muss sofort Fotos machen«, rufe ich aufgeregt und zücke mein Handy. Erstaunt nehme ich eine SMS meines Netzanbieters wahr, die mich herzlich in Dänemark willkommen heißt. Während David immer weitere Dinge aus seinem Rucksack zaubert, stapfe ich ohne ihn los. Mir wird klar, dass ich mich seit meiner Ankunft auf Sylt zum allerersten Mal an einem Sandstrand befinde. Mit einem Dauergrinsen im Gesicht ziehe ich sofort Schuhe und Socken aus. Auch im Schatten der Düne ist der Sand noch warm von den langen Sonnenstunden des Tages. Weich fühlt er sich an unter meinen nackten Füßen. Mit jedem meiner Schritte wirbele ich einige Sandkörner auf, die der sanfte Wind sich schnappt und träge über die Dünen treibt. Sachte wiegen sich die Dünengräser in der leichten Abendbrise. Es sind kaum Möwenschreie zu hören, als wollten selbst die lauten Vögel die beruhigende Stimmung an diesem besonderen Fleckchen Erde nicht kaputt machen.

Plötzlich ist es mir wichtig, dass ich die Zeit mit David heute Abend als ich selbst verbringe, nicht als Louisa 2.0. Vorsichtig nehme ich meine dunkle Perücke ab, entferne das Haarnetz und die Haarnadeln. Dann schüttle ich meine blonden langen Haare mehrfach über Kopf aus und durchkämme sie mit meinen Fingern.

Davids Augen folgen mir schon von weitem. Als ich fast an der Picknickdecke angekommen bin, macht er einige Schritte auf mich zu. Ganz nah steht er vor mir und streicht mir sanft eine Haarsträhne aus dem Gesicht. »Hallo«, sagt er mit belegter Stimme. Es fühlt sich an, als würden wir uns zum ersten Mal sehen. Davids Blick sucht meinen und hält ihn fest. Die Zeit scheint stillzustehen. Ich versinke in seinen Augen, lasse mich einhüllen von der Wärme, die Davids Blick ausstrahlt.

Wie aus dem Nichts kommend rauscht plötzlich eine Möwe dicht über unsere Köpfe hinweg und der Bann ist gebrochen. David blinzelt zweimal und lässt seine Hand sinken, deren Finger eben noch federleicht mein Schlüsselbein berührten.

Sich räuspernd bittet David mich, Platz zu nehmen und erst jetzt bemerke ich, dass er hier in dieser wunderschönen Natur ein komplettes Picknick für uns angerichtet hat. Ungläubig gleitet mein Blick über die Leckereien.

»David«, flüstere ich und fast kommen mir wieder die Tränen. »Das ist unglaublich. So viel Mühe hat sich, ehrlich gesagt, noch niemand an meinem Geburtstag gemacht – und dabei hattest du nicht mal Zeit, irgendetwas zu planen. Ich mag mir gar nicht ausmalen, welche Geburtstagsüberraschungen du auf die Beine stellst, wenn du etwas Vorlauf hast.«

Er lächelt, als hätte ich ihm kein größeres Kompliment machen können und lässt sich ebenfalls am Rand der Picknickdecke nieder.

»Wie hast du das bloß alles so schnell organisiert?« Ehrfürchtig stelle ich Antipasti, Käse, Trauben und Cracker auf einem kleinen Teller zusammen, sehr darauf bedacht, dabei keines der Schüsselchen auf der Decke umzuwerfen.

»Möglicherweise hatte ich Hilfe.«

»Finn?«, frage ich sofort.

David nickt lachend. »Ich glaube, der Junge ist in dich verknallt.«

Wir packen gerade die Reste des Geburtstagspicknicks in den Rucksack, als David plötzlich von hinten an mich herantritt und mir die Augen zuhält. Erschrocken zucke ich zusammen.

»Vertrau mir«, raunt David in mein Ohr. Immer noch meine Augen zuhaltend, dreht er mich um hundertacht-zig Grad und schiebt mich ein Stück den Strand ent-lang. Abrupt nimmt er seine Hände von meinen Augen. »Prinzessin, ich präsentiere deinen ganz privaten Sonnen-untergang.« Arm in Arm, natürlich nur, weil der Wind inzwischen so frisch ist, beobachten wir, wie die Sonne im Meer versinkt.

»David, ich danke dir von ganzem Herzen für diesen wundervollen Tag!« Ich küsse ihn kurz auf die Wange und meine, dass er ein wenig rot wird. Lange sehen wir uns in die Augen und als ich gerade genug Mut gefasst habe, David nochmals zu küssen – nur diesmal nicht auf die Wange – weicht er meinem Blick aus, dreht sich um und sammelt wortlos die restlichen Sachen ein.

Kapitel 17

♡

Da ist eine Frau!

Am nächsten Morgen finde ich mich nicht nur mit den mir bereits bekannten Herren am Frühstückstisch wieder, sondern auch mit einer Dame, die vermutlich auf die Sechzig zugeht. Sie trägt ein Kostüm, das an Chanel erinnert, und wirkt zwischen den drei sportlich-leger gekleideten Gastgebern fehl am Platz. Ob das der Grund ist, wieso sie ständig an ihrer Jacke oder ihren kinnlangen blonden Haaren zuppelt? Weil sie sich unwohl fühlt? Sie kommt mir auf jeden Fall extrem nervös vor.

Ihr Name ist Karin, wie ich vorhin bei der Begrüßung erfahren habe. Seither hat sie noch kein Wort gesagt. Dafür plappern die Herren um die Wette. Sogar Thorsten ist heute früh ungewöhnlich redselig. Leider drehen sich die Gespräche nur um Belanglosigkeiten. Das aktuelle Thema ist wieder einmal Roberts Plan, eine Privatpilotenausbildung zu machen.

Wir sitzen um einen mit Köstlichkeiten völlig überladenen Tisch auf der Terrasse von Olivers Suite. Fast droht sich die Tischplatte unter dieser opulenten Frühstücksauswahl zu biegen.

Würde mir mein kleiner Schnüffelauftrag nicht den Magen zuschnüren, hätte ich sicherlich bereits hemmungslos zugeschlagen. So nehme ich stattdessen sehr dankbar den Bellini entgegen, den mir Oliver reicht. Mit richtigem Champagner, nicht mit billigem Sekt, wie er mir mehrfach versichert.

»Als Anwältin sollte ich mal überprüfen, ob ein Bellini überhaupt Bellini heißen darf, wenn er nicht mit Champagner zubereitet wurde. Wie etwa beim Wiener Schnitzel, das nur so heißen darf, wenn es wirklich aus Kalbfleisch besteht.« Was fasele ich denn da? O Gott, ich hoffe bloß, die drei merken mir meine Nervosität nicht an. Womöglich fange ich gleich noch damit an, an meinen Klamotten oder Haaren zu nesteln, wie Karin das immer noch tut.

Vorsichtshalber greife ich mir einige Weintrauben. So sind zumindest meine Hände beschäftigt. *Komm schon, Louisa! Du bist hier auf einer Mission. Lass dir was einfallen.*

»Und, war euer Tag gestern erfolgreich?«, mache ich einen ersten Vorstoß.

»Erfolgreich?«, kommt es von Robert und Oliver wie aus einem Munde.

»Hattet ihr nicht ein wichtiges Meeting erwähnt?«

»Ach, das«, antwortet Oliver ausweichend. »Ja, ja, das lief ganz gut.«

Dranbleiben, Louisa, dranbleiben. »Habt ihr noch weitere geschäftliche Termine? Oder könnt ihr eure restliche Zeit auf der Insel ganz den angenehmen Dingen des Lebens widmen?«

»Aber diesen Dingen widmen wir uns doch gerade, meine Schöne!« Oliver nimmt meine Hand und drückt einen schmatzenden Kuss darauf. Es bereitet mir fast körperliche Schmerzen, meine Hand nicht sofort wegzuziehen. Ich ringe mir ein Lächeln ab.

»Leider reisen wir heute noch ab«, sagt Thorsten. »Robert und ich sitzen um vierzehn Uhr in der Maschine nach Stuttgart und Karin nimmt den Zug zurück nach Hamburg. Nur Oliver«, er verdreht theatralisch die Augen, »darf noch eine Nacht länger bleiben, weil er morgen nochmals unseren neuen Geschäftspartner trifft. Der hat wohl einige Infos für uns auf Lager, die bares Geld wert sind. Olivers Worte, nicht meine.«

Mist, unsere Zeit, um hier auf der Insel noch etwas herauszufinden, läuft ab. Ich überlege. David wird mir dafür vermutlich den Kopf abreißen, aber ich muss einen Weg finden, mich in der Suite umzusehen, bevor der Brunch vorbei ist.

»Uuuuhhh«, stöhne ich gedehnt, krümme mich etwas und lege eine Hand auf meinen Bauch. »Bitte entschuldigt mich kurz.« Mit diesen Worten stürme ich auch schon in die Suite und steuere direkt die Toilette an, die ich bei meiner Ankunft schon kurz genutzt habe, um mir die Hände zu waschen. Angestrengt lausche ich hinter der Tür, ob mir jemand gefolgt ist.

Es bleibt mucksmäuschenstill. Ganz vorsichtig öffne ich die Tür einen Spaltbreit und linse ins Zimmer. Niemand zu sehen. Schnell trete ich in das Wohnzimmer der Suite und schließe die Tür zur Toilette hinter mir. Blitzschnell öffne ich die Tür zu meiner rechten, die den Blick auf ein Schlafzimmer mit King-Size-Bett freigibt. Es sind weder ein Koffer noch eine Aktentasche oder Ähnliches zu sehen.

Ich versuche es eine Tür weiter. Ein Büro. Das sieht schon vielversprechender aus.

Auf dem großen Schreibtisch liegen diverse Papiere. Ich lausche in das Wohnzimmer hinter mir. Alles ruhig, nur von der Terrasse sind leise Geräusche zu vernehmen. Jetzt oder nie. Mit zwei Schritten bin ich beim Schreibtisch und gehe die Unterlagen durch. Auf den ersten Blick ist nichts dabei, was auf das Ausspionieren von Davids Firma hindeutet, dennoch mache ich mit meiner Smartphone-kamera einige Fotos von den Papieren.

Wie lange bin ich schon weg? Bei dem geringen Frauen-anteil in dieser Frühstücksrunde fällt eine längere Ab-wesenheit von mir bestimmt sofort auf. Noch fünf Se-kunden, sage ich mir. Wenn ich dann nichts finde, gehe ich wieder zurück. Kaum habe ich den Gedanken zu Ende gedacht, halte ich zwei technische Zeichnungen in der Hand. Am unteren Rand ist das Logo von Davids Unter-nehmen zu sehen.

Schnell mache ich auch davon Fotos und schicke alle Dateien an David.

Ich: *Wo genau bist du?*

David: *Auf dem Parkplatz des Restaurants nebenan.*

Ich: *Ich mache mich auf den Weg.*

Ich täusche ein leichtes Schwanken vor, als ich auf die Ter-rasse zurückkehre. »Mir ist immer noch komisch«, hauche ich und fächle mir mit der Hand Luft zu. »Vielleicht der

Alkohol auf leeren Magen?« Fleißig fächle ich weiter. »Es tut mir so leid, aber es ist sicher besser, wenn ich mich verabschiede. Ich fühle mich wirklich nicht gut.«, betone ich nochmals. »Und ihr habt euch solche Mühe mit dem Brunch gemacht.«

»Soll ich dich fahren?«, fragt Oliver besorgt.

»Nein, tausend Dank, ich hab mir gerade schon ein Taxi bestellt.« Erneut gebe ich ein schmerzvolles Stöhnen von mir.

»Besser keine Küsschen«, halte ich Oliver & Co. bei der Verabschiedung an der Terrassentür auf Abstand. »Nicht, dass es doch mehr als eine harmlose Magenverstimmung ist.« Matt winke ich in die Runde und schließe wenige Sekunden später erleichtert die Tür der Suite hinter mir.

Kapitel 18

»D as kann nicht sein!«, wiederholt David immer wieder. »Diese Frau arbeitet für unsere Firma seit ich denken kann. Sie war mehr als zwanzig Jahre die Assistentin meines Vaters – oder Chefsekretärin, wie es damals hieß.« David greift nach dem zwei Finger breit gefüllten Whiskey-Tumbler, den Finn vor ihm hingestellt hat, und nimmt einen langen Schluck. »Seit mein Vater tot ist, arbeitet Karin als Assistentin für meinen Bruder. Sie …«, seine Stimme bricht ab. Er nimmt einen weiteren Schluck. »Sie kann keine Betriebsgeheimnisse an die Konkurrenz verkauft haben. Das würde sie nie tun.«

David konnte mit meiner Beschreibung der Frau und mit ihrem Namen sofort etwas anfangen, als ich ihm auf dem Parkplatz erzählt habe, was sich beim Brunch abgespielt hat.

»Verdammt!« Davids Tumbler knallt auf den Tresen. Einige Gäste in der Bar drehen sich erschrocken zu uns um. Whiskey trinkende, mit Gläsern knallende Männer um zwei Uhr nachmittags sind wohl in dieser Nobelherberge nicht allzu häufig anzutreffen.

Nachdem David aber nicht weiter für Show sorgt, sondern seinen Kopf in den Händen vergräbt, wenden sich unsere Zuschauer wieder ihren Espressi und Latte Macchiatos zu.

Beruhigend streiche ich über seinen Rücken. Finn sieht mich über den Tresen hinweg besorgt an.

»Wie soll ich bloß meinem Bruder beibringen, dass gleich zwei Mitarbeiter das Lebenswerk unseres Vaters ruinieren wollen?« Davids Stimme klingt verzweifelt. Mit einem Ruck setzt er sich auf und ich zucke erschrocken zurück.

»Ich muss ihm deine Fotos schicken«, mit einem traurigen Blick sieht er mich an und steht auf. »Und ich muss mit ihm besprechen, was wir jetzt gegen Oliver und Karin unternehmen. Das kann ein wenig dauern.«

»Lass dir Zeit.« Aufmunternd lächle ich ihn an.

Kaum hat David den Raum verlassen, wende ich mich entschlossen an Finn. »Ich brauche deine Hilfe.«

Der zieht gespannt eine Augenbraue nach oben und lehnt sich verschwörerisch über den Tresen. »Wie kann ich zu Diensten sein, Mylady?«

***

»Du bist immer noch du«, begrüßt mich David mit einem erschöpften Lächeln, als er seine Zimmertür öffnet. Mit einer Hand streicht er über meine Haare, die offen über meine Schultern fallen und die ich nicht mehr länger unter einer Perücke verstecken werde.

»Erinnerst du dich an diesen Spruch von gestern? Weites Herz, klarer Horizont?«, frage ich ihn. Noch bevor er antworten kann, fahre ich fort. »Mein Horizont hat inzwischen aufgeklart und dort ist weit und breit kein Karsten mehr zu sehen.«

Davids Mundwinkel zucken und die Lachfältchen um seine Augen vertiefen sich. »Freut mich zu hören, Prinzessin.«

Er macht mir Platz, damit ich in sein Zimmer treten kann, aber ich bleibe auf dem Hotelflur stehen. Fragend hebt sich Davids rechte Augenbraue.

»Konntest du mit deinem Bruder alles besprechen? Glaubt er dir, dass Oliver euch seit Monaten schadet?«

David nickt.

»Wird er Maßnahmen einleiten, die Olivers Zugriff auf seine Firmen-E-Mails, eure Firmenlaufwerke und Kundendaten sofort unterbinden?«

Er nickt erneut und sieht mich noch immer fragend an.

»Gut«, sage ich. »Denn wir beide haben jetzt etwas anderes vor. Keine Überwachungen, keine Spionagemission. Kein Karsten, kein Oliver, keine Karin. Nur wir beide. Jetzt.« Herausfordernd sehe ich ihn an. »Also, kommst du?«

»Okay, okay, ich schnapp mir nur schnell eine Jacke und den Autoschlüssel«, ruft David, als er in den Tiefen seines Zimmers verschwindet.

»Vertraust du mir?«, frage ich David, als wir auf dem Hotelparkplatz stehen, und halte ihm die Handfläche meiner rechten Hand wie eine kleine Schale entgegen.

Schmunzelnd nickt er.

»Dann her mit deinem Autoschlüssel!«

Ohne zu zögern legt er den Schlüssel in meine Hand. Mit einem Druck entriegele ich die Türen des Cabrios und ein paar Minuten später sind wir ohne Verdeck in Richtung Westerland unterwegs. David löchert mich die Fahrt über mit unzähligen Fragen zu unserem Ausflugsziel, aber ich rücke keinerlei Informationen raus.

Als ich auf das Gelände des Sylter Flughafens einbiege, beobachte ich aus dem Augenwinkel, wie Davids Augen groß werden und er den Mund nach seiner letzten Frage an mich gar nicht mehr zu bekommt.

»Keine Sorge«, sage ich scherzhaft. »Ich schicke dich nicht zurück nach Hamburg. Wir heben heute gemeinsam ab!«

Vorsichtig steuere ich Davids Mietwagen in eine Parklücke und stelle den Motor ab. Auf dem Beifahrersitz ist es verdächtig still. Doch bevor ich David fragen kann, ob alles okay ist, kommt ein großer, braungebrannter Mann mit blonder Surfermähne und Pilotenbrille auf uns zu. Er steckt in einem blau-grauen Overall mit diversen Abzeichen und trägt ein breites Lächeln im Gesicht.

»Louisa? David?«, fragt er.

»Das sind wir!« Schnell steige ich aus und schüttle zur Begrüßung seine Hand.

»Ich bin Hannes.« Er lächelt David an, der immer noch im Auto sitzt. »Ihr habt euch einen perfekten Zeitpunkt für euren Rundflug ausgesucht. Die Insel von oben in der Abendsonne ist ein ganz besonderer Anblick. Und wir haben absolut klare Sicht heute!«

Hannes bedeutet uns, mit ihm zu kommen und David schafft es endlich, aus dem Wagen zu steigen. Mit etwas steifen Schritten folgt er Hannes und mir zu einem kleinen Flugzeug mit einem Propeller vorne.

»Das ist die Süße, die uns gleich in die Lüfte bringt«, sagt Hannes stolz.

Ich lächle ihn an und kann es kaum erwarten, Sylt aus einer anderen Perspektive kennenzulernen. Die Begeisterung des Piloten ist längst auf mich übergeschwappt. Nur David steht immer noch nahezu regungslos neben uns. Plötzlich dämmert es mir.

»Oh nein, sag bloß, du hast Flugangst? Es tut mir leid, ich hätte dich vorher fragen sollen. Aber ich wollte dich so gerne überraschen …«

David schüttelt abwehrend den Kopf.

»Keine Flugangst. Aber Höhenangst?«

»Nein, nichts dergleichen.«

Verwirrt blinzle ich David an. »Was ist los?«

»Genau das frage ich mich gerade.«

Meine Verwirrung wird größer. »Was meinst du?«

Geräuschvoll atmet David aus. »Wieso machst du das hier?«

»Wieso denn nicht?« Ich verstehe kein bisschen, worauf David hinauswill.

Mit zusammengezogenen Augenbrauen sieht er mich an. »Wann hast du das organisiert, Louisa?«

»Vorhin, als du auf dein Zimmer gegangen bist, um mit deinem Bruder zu telefonieren«, antworte ich ehrlich, immer noch völlig ratlos, was Davids Problem ist.

»Aber was hast du davon?«, murmelt er. »Ist Karsten hier irgendwo? Oder willst du ihn aus der Luft überwachen?«

»Was? Nein! Ich hab dir doch gesagt, der Typ interessiert mich nicht mehr.« Ich lege meine Hand auf seinen Arm. »David, was ist los?«, frage ich sanft.

Einen Moment lang starrt er mich nur an, dann, ganz zögerlich, schleicht sich ein kleines Lächeln auf seine Lippen. »Ich kann wohl einfach nicht glauben, dass du das hier für mich machst. Versuchst du etwa, mich aufzuheitern?«

»Vielleicht«, zwinkere ich ihm kokett zu. »Jetzt hör auf, so ein alter Miesepeter zu sein, und steig in das Flugzeug!«

David schüttelt zwar immer noch leicht den Kopf, hat aber dabei dieses mein Herz zum Schmelzen bringende Lächeln auf den Lippen. O Mann, wie gern würde ich ihn jetzt küssen.

Ich räuspere mich. »Los! Oder muss ich nochmals beweisen, dass ich durchaus in der Lage bin, dir in den Arsch zu treten?«

***

»Das deutsche Wattenmeer gehört zum Weltnaturerbe und ist unterteilt in drei Nationalparks«, kommt die Stimme unseres Piloten über die klobigen Kopfhörer, die wir tragen. »Wir überfliegen heute den Nationalpark Schleswig-Holsteinisches Wattenmeer, das ist übrigens der größte Nationalpark zwischen Sizilien und dem Nordkap.«

Der Ausblick von hier oben ist atemberaubend. Kurz musste ich mich an das Schaukeln in einem so kleinen Flugzeug gewöhnen, aber inzwischen kann ich unseren Rundflug genießen. Auch David scheint nicht geschwindelt zu haben, was eventuelle Flugangst angeht. Entspannt sitzt er neben mir und beobachtet mit begeisterter Miene die Landschaft unter uns – und immer wieder auch mich. Für einige Sekunden bleiben unsere Blicke aneinander hängen.

»Entstanden ist das Naturkunstwerk, das ihr dort unten gerade bewundert, nach der letzten Eiszeit vor etwa 10 000 Jahren,« kommt es von Hannes.

Ich grinse. Denn zumindest ich habe gerade eher den Mann bewundert, der mit mir in diesem Flugzeug sitzt und dessen Anwesenheit mich leider immer wieder von der wundervollen Natur um uns herum ablenkt. Aus den Augenwinkeln schiele ich zu David hinüber und könnte schwören, dass er einen ganz ähnlichen Gedanken hatte.

»Seht ihr die Rinnen, die trotz Ebbe Wasser führen? Das sind sogenannte Priele. Sie reichen bis in die Salzwiesen hinein und sorgen nicht nur für das Auf- und Ablaufen des Wassers im Spiel der Gezeiten, sondern bieten auch Fischen und Garnelen Zuflucht während des Trockenfallens.«

Das Watt wirkt von hier oben nicht wie eine Fläche, sondern wie ganz unterschiedliche Lebensräume. Einige Bereiche sehen aus, als hätte jemand mit einer gigantischen Gabel wellenförmige Linien gezogen. Die wasserführenden Stellen glitzern in der Abendsonne, die alles in ein warmes Licht taucht.

»Wow, sieh mal, wie lang und wie unheimlich schmal die Insel ist! Das kriegt man gar nicht so richtig mit, wenn man nur darüberfährt, finde ich.« Aufgeregt zeige ich auf die Stelle, an der hier aus der Luft betrachtet gerade eine

Handbreit zwischen Ost- und Westküste liegt. »Und ich hab schon drei Leuchttürme gezählt«, rufe ich begeistert. »Oh, da an der Südspitze habe ich Golf gespielt!« Als Davids Lachen über die Kopfhörer an mein Ohr dringt, schaue ich zu ihm hinüber.

»Kann es sein, dass mir das viel mehr Spaß macht als dir?«, frage ich leicht zerknirscht. »Dabei war das doch als Überraschung für dich gedacht.«

David nimmt meine Hand und sofort ist da dieses Kribbeln. Ganz leicht streicht er mit seinem Daumen über meine Handoberfläche, zieht sie dann zu seinem Mund und küsst sie. »Keine Sorge, Prinzessin. Ich finde das hier großartig.«

Ganz kurz meine ich, danach noch ein ganz leises »Ich finde dich großartig« zu hören, aber trotz der Kopfhörer ist das bei dem lauten Motorengeräusch des Flugzeugs schwer zu sagen. Als ich von unseren immer noch miteinander verschlungenen Händen aufblicke, sieht David aus dem Fenster.

Ich habe mich bestimmt geirrt.

»Vielen Dank, Hannes!«, glücklich umarme ich unseren Piloten. »Das war der Wahnsinn!«

Auch Davids Augen strahlen, als er sich ebenfalls bei Hannes bedankt.

»Okay, Mr. Sexy«, greife ich meinen alten Spitznamen für David auf und merke im gleichen Augenblick, was mir da gerade rausgerutscht ist. Schon schießt mir Hitze in die Wangen.

David grinst übers ganze Gesicht. »So, so, ich bin also Mr. Sexy.«

Tja, wie komme ich aus der Nummer wieder raus? Ich entscheide mich für die Offensive.

»Ach komm, erzähl mir nicht, dass du nicht weißt, wie gut du aussiehst.« Bevor er etwas erwidern kann, stoppe ich ihn mit einer Geste. »Nein, kein *Fishing for Compliments*, mein Lieber. Das zieht bei mir nicht.«

Um von meinem Lapsus abzulenken, zeige ich mit dem Autoschlüssel Richtung Wagen und mit einem zweifachen Piepen entriegeln sich die Türen.

»Auf geht's!«, rufe ich und bin schon fast beim Auto. »Der Abend ist noch jung!«

»Moin«, begrüßt uns eine Viertelstunde später ein junger Kellner in einem gestreiften Shirt.

»Moin«, grüße ich fröhlich zurück. »Ein Tisch für Louisa?«

»Mir nach!«

Auf jedem Tisch, den wir in dem Strandrestaurant mitten in den Dünen passieren, steht ein kleines Schild mit dem Wort *reserviert*. Momentan sind nur wenige Gäste da, aber der Laden auf der Westseite der Insel scheint voll zu werden. Was mich bei diesem unglaublichen Ausblick auf den Strand und die offene Nordsee auch nicht wundert.

Wir sind etwas früh dran fürs Abendessen, aber ich wollte gern jede Minute des nahenden Sonnenuntergangs zusammen mit David auskosten.

Der Kellner lotst uns zu einem Tisch vor einem riesigen Panoramafenster. Daneben steht ein Eiskühler mit einer Flasche Champagner für uns bereit. In Gedanken sende ich ein großes Dankeschön an Finn.

Wir nehmen auf bequemen Stühlen Platz, die nebeneinander stehen, sodass wir beide immer die Wellen im Blick haben.

David sieht mich einen langen Moment von der Seite an. Blinzelt dann mehrfach, als würde er gerade aus einem Traum erwachen und schnappt sich die Champagnerflasche aus dem Kühler. Mit einem lauten Plopp öffnet er die Flasche und gießt uns ein.

»Auf die Heldin des Tages! Vielen Dank, dass du mir geholfen hast, Gewissheit darüber zu erlangen, dass Oliver … und sehr wahrscheinlich auch Karin, Betriebsgeheimnisse weitergegeben haben.« Er macht eine kurze Pause. »Ich hätte mir niemals verzeihen können, das Lebenswerk meines Vaters zu verlieren.« David hält sein Glas hoch. Es gibt einen schönen Klang, als ich meines sachte dagegen stoße. Wie bereits im Flugzeug, verfangen sich unsere Blicke ineinander. In der Abendsonne, die durch das Panoramafenster fällt, leuchten Davids Augen wie Bernstein.

Das Räuspern eines Kellners hinter uns lässt uns wissen, dass wir nicht allein sind. Ich wende meinen Blick ab und vertiefe mich in die Speisekarte, die mir gereicht wurde. Als ich durch die Gerichte blättere, erinnert mich mein Magen geräuschvoll daran, dass ich außer einigen Bissen während meiner Spionageaktion beim Brunch heute Vormittag noch nichts gegessen habe. Und ich vermute, David hatte nicht mal ein paar Bissen von irgendetwas.

Ich überlasse Davids Bestellkünsten die Menüauswahl und er ordert üppig. Was meinem ausgehungerten Magen und mir nur recht sein soll.

Wir schlemmen, genießen, reden, lachen und ich mache gefühlt achthundert Fotos von sämtlichen Stadien des Sonnenuntergangs, bis sich David mein Handy schnappt.

Er rückt näher an mich heran und legt den Arm um meine Schulter. »Zeit für ein Selfie«, sagt er und drückt mir einen Kuss auf die Wange. Normalerweise hasse ich das, da ich nie weiß, wohin ich gucken muss, um wirklich in die Kamera zu schauen, wenn mir jemand ein Handy vors Gesicht hält. Aber als David mir das Bild auf meinem Smartphone zeigt, sehe ich ausnahmsweise nicht dämlich, sondern sehr, sehr glücklich aus. Die letzten Sonnenstrahlen reflektieren sich in meinem Haar, meine Augen leuchten, ich strahle in die Kamera, während ein lachender David meine Wange küsst.

»Danke«, flüstere ich. Mit den Worten ›Partners in Crime‹ schicke ich das Foto an David. Ich möchte, dass auch er eine Erinnerung an diesen wunderschönen Abend hat.

Als David mein Glas greift, um nachzuschenken, halte ich schnell meine Hand darüber. »Ich sollte ab jetzt auf Mineralwasser umsteigen«, sage ich. »Jemand muss uns schließlich zurück ins Hotel fahren.«

»Wir nehmen ein Taxi, Prinzessin.« David zwinkert mir zu und gießt großzügig Champagner in mein Glas.

Wir sind unter den letzten Gästen, als wir kurz nach Mitternacht das Lokal verlassen. Unser Taxi wartet bereits auf uns.

Galant hält mir David die Tür auf und hilft mir beim Einsteigen, bevor er den Wagen umrundet, um auf der anderen Seite der Rückbank Platz zu nehmen.

David nennt dem Taxifahrer unser Hotel und spricht dann während der gesamten Fahrt kein Wort mehr. Immer, wenn ich zu ihm schaue, wirkt er angespannt.

Um nicht das Falsche in die Situation hineinzuinterpretieren, lenke ich mich mit den Erinnerungen an den Rundflug ab. Was für ein Erlebnis. Ich bin mir sicher, diese besonderen Momente von heute ganz lange in meinem Herzen mit mir zu tragen.

Auch als wir beim Hotel aussteigen, ist David weiterhin schweigsam. Es wirkt fast widerwillig, als er mir durch die Lobby zu den Fahrstühlen folgt.

Im Kopf gehe ich den Abend durch. Habe ich irgendetwas gesagt oder gemacht, das David verärgert haben könnte? Zweifelnd schaue ich ihn von der Seite an. Versuche zu ergründen, wann dieser Gemütswechsel stattgefunden hat und was ich möglicherweise damit zu tun habe.

Als könne er meine Gedanken lesen, dreht sich David zu mir und sieht mich fast leidend an.

»Ich weiß, dass dir das nach deinem unschönen Beziehungsende bestimmt viel zu schnell geht, und ja, wir haben geflirtet in den letzten Tagen, aber das war auch immer irgendwie Teil unserer Maskerade. Zumindest habe ich versucht, mir das einzureden.« Die Worte sprudeln nur so aus ihm heraus und ich habe Mühe, seinen Gedankengängen zu folgen.

»Du musst mir glauben, ich versuche wirklich, einen gewissen Abstand zu dir zu wahren. Das habe ich von dem Moment an, als ich mich in der Hotelbar von dir verabschiedet habe. Ich wusste, du stellst die ultimative

Ablenkung für mich dar. Eine Ablenkung, die ich mir nicht leisten konnte. Aber du warst so …«. David rauft sich die Haare. »Ich meine, sieh dich nur an, Louisa, du bist, du …« Mit einem Ruck zieht er mich in seine Arme und küsst mich, wie mich noch nie in meinem Leben jemand geküsst hat. Davids Leidenschaft rauscht über mich hinweg wie eine Sturmflut.

Pling. Vor uns öffnen sich die Fahrstuhltüren. Zum Glück ist er leer. Küssend taumeln wir hinein. Die Türen schließen sich, um sich kurz darauf wieder zu öffnen. Wir haben vergessen, ein Stockwerk zu drücken. Lächelnd sehen wir uns an. Mein ganzer Körper steht noch immer von diesem unglaublichen Kuss in Flammen.

»Meine Prinzessin«, flüstert David und streicht mit seinen Lippen an meinem Hals entlang, bevor er mein Kinn küsst. Die Fahrstuhltüren schließen sich wieder. Ich bin dankbar für einen letzten Rest Selbstbeherrschung, denn am liebsten würde ich an Ort und Stelle über ihn herfallen.

»Das habe ich tatsächlich noch nie gefragt, aber gerade finde ich es angebracht.« Mein Zeigefinger schwankt zwischen den Tasten für Stockwerk zwei und Stockwerk vier. Ich schaue zu David hoch. »Zu dir oder zu mir?«

Kapitel 19

♡

Sex ist mein neues Yoga! Ich korrigiere: phänomenaler Ich-muss-dich-jetzt-mit-allen-Sinnen-haben-Sex ist mein neues Yoga. Wow, ein solches Energielevel hatte ich schon lange nicht mehr am frühen Morgen.

Neben mir schläft David und sieht dabei mit seinen verwuschelten Haaren so dermaßen zum Anbeißen aus, dass ich mich stark zügeln muss, um ihn nicht für unsere ganz persönliche Yoga-Session Nummer vier aufzuwecken. Ich fühle mich, als könnte ich ganze Wälder ausreißen, und bin viel zu hibbelig, um hier länger liegenzubleiben. Aus dem Badezimmer schnappe ich mir einen dieser unfassbar kuscheligen Hotelbademäntel und trete auf den Balkon. Tief atme ich die salzige Meeresluft ein, was mich gleich noch viel wacher macht.

Da diese neugewonnene Energie irgendwo hinmuss, beschließe ich, meinen Laufschuhen endlich etwas Auslauf zu gönnen und uns anschließend Frühstück aufs Zimmer zu bestellen. Frühstück im Bett. Mit meinem Mr. Sexy. Es gibt wirklich schlechtere Wege, in den Tag zu starten.

Leise, um David nicht zu wecken, schleiche ich mich aus dem Zimmer und mache mich auf den Weg in meine Juniorsuite zwei Etagen höher, wo meine Laufklamotten und -schuhe immer noch in meinem Koffer schlummern. Wenige Minuten später bekommen auch sie endlich Gelegenheit, den Zauber dieser Insel zu erleben.

***

Es ist merkwürdig, was diese morgendliche Power mit mir macht. Ich fühle mich fast schwerelos, als ich in lockerem Tempo an der Promenade entlanglaufe. Alles ist ruhig, nahezu windstill und ich lasse meinen Blick übers Watt schweifen. Diesen Ausblick und das Gefühl der Weite werde ich in Frankfurt ganz sicher vermissen. So früh sind kaum Menschen unterwegs, nur die immer präsenten Möwen begleiten mich auf meiner kurzen Laufrunde.

Mit der frischen Seeluft und jeder Menge Sauerstoff, der durch meine Blutbahnen pumpt, vibriere ich regelrecht vor Lebendigkeit, als ich am Hafen entlanglaufe und auf den Platz bei der Alten Tonnenhalle einbiege. Doch schon mit dem nächsten Schritt ist alles vorbei. Es fühlt sich an, als laufe ich gegen eine Wand. Die Luft entweicht aus meinen Lungen, mein Brustkorb zieht sich zusammen. Keine zwanzig Meter vor mir sitzen Oliver und Karsten an einem Bistrotisch. Mein Hirn braucht einige Sekunden, um diese Information zu verarbeiten.

Mist, verdammter! Ich bin ohne Perücke oder Sonnenbrille unterwegs. Möglichst unauffällig mache ich einige Schritte zurück und sehe mich nach Deckung um. Aber außer einigen Passanten ist da nichts. Ich befinde ich auf einem weitläufigen Platz. Wie eine Taschendiebin schleiche ich mich an ein recht fülliges Paar heran und bewege mich in ihrem Windschatten über den Platz. Was zum Henker hat Karsten plötzlich mit Oliver zu schaffen? Ist er etwa die Verabredung, von der Oliver gestern beim Brunch gesprochen hat? Dies würde bedeuten, Karsten hat Oliver interessante Informationen zu bieten. Infos, die bares Geld wert sind.

Ist es möglich, dass Karsten, der als Unternehmensberater viele Unternehmen von innen kennenlernt und vorwiegend für Entwicklungsabteilungen arbeitet, Betriebsgeheimnisse an die interessierte Konkurrenz weitergibt und dafür abkassiert?

Mein Unterbewusstsein spuckt plötzlich Erinnerungen in Bezug auf meinen eigenen Arbeitgeber aus. Karsten, wie er mich interessiert fragt, wie wir vorgehen, um Plagiate unserer Produkte ausfindig zu machen. Wie er wissen will, welche Umsätze Unternehmen mit den Fälschungen unserer Produkte erzielen. Anders als von mir angenommen, hat sich Karsten nicht brennend für meine Arbeit interessiert. Er hat mich ausgehorcht.

Sobald ich aus dem Sichtbereich der beiden verschwunden bin, renne ich in persönlicher Bestzeit zum Hotel zurück. Die Erkenntnis, dass Karsten mich vermutlich nicht nur auf privater Ebene ausgenutzt hat, tut mehr weh als das schmerzhafte Brennen meiner Oberschenkel.

Fast panisch drücke ich in der Lobby den Fahrstuhlknopf. Meinen Blick immer auf die Eingangstür gerichtet.

Haben mich Karsten und Oliver bemerkt und sind mir zum Hotel gefolgt?

Mit laut klopfendem Herzen betrete ich kurz darauf mein Zimmer. Ich beschließe, eine Dusche zu nehmen und mich dann auf die Suche nach David zu machen. Er muss erfahren, dass Oliver etwas mit Karsten zu schaffen hat. Unglaublich, dass die beiden Personen, die wir in den letzten Tagen so intensiv beobachtet haben, vor unserer Nase Geschäfte miteinander gemacht haben.

Die angenehmen Strahlen der Regendusche schaffen es nicht, mich zu beruhigen. Fahrig trockne ich mich ab, ziehe mir eines von Madame Madeleines Maxikleidern über und beginne, meine Haare zu föhnen.

Mit den Gedanken immer noch bei David verlasse ich eine halbe Stunde später meine Juniorsuite. Gerade bin ich auf der Höhe des Nachbarzimmers, in dem Karsten mit seiner Drittfrau wohnt, als ebendieser am Ende des Flurs aus dem Fahrstuhl steigt. Wie ein Löwe, der seine Beute ausgemacht hat, bewegt er sich mit kräftigen Schritten und einer bedrohlich wirkenden Körperhaltung auf mich zu. Mit einem finsteren Gesichtsausdruck bleibt er unangenehm nah vor mir stehen.

»Ich dachte vorhin schon, ich hätte dich gesehen«, knurrt er. »Du bist es tatsächlich. Und du siehst gar nicht krank aus.« Ein durchdringender Blick mustert mich. »Was willst du hier, Louisa?«

Ich bleibe stumm.

»Die Alte hat dir gesteckt, dass ich verheiratet bin, richtig? Deshalb bist du doch hier, oder? Sie hat dich angerufen. Von meinem Handy aus, die dämliche Kuh. Dachte sie wirklich, ich bemerke das nicht? Hat sie dich angestiftet, mir nachzuschnüffeln?«

Verdammt! Ich sehe unsere Felle davonschwimmen. Er weiß, dass Stephanie mich angerufen hat. Ahnt er, dass sie die Scheidung vorbereitet? Karsten mag ein Lügner und Betrüger sein, aber er ist nicht dumm. Hat er mitbekommen, dass ich ihn die letzten Tage über beobachtet habe? Weiß er, dass ich mit seiner Ehefrau in Kontakt stehe? Hat Oliver mich vorhin womöglich ebenfalls gesehen und ihm erzählt, dass ich auf dem Golfplatz und beim Brunch war?

Er nickt in Richtung seiner Zimmertür. »Jetzt hast du herausgefunden, wo ich abgestiegen bin. Wolltest du mich hier abpassen, um mich zu überzeugen, mich für dich zu entscheiden?«, schlussfolgert er falsch. Seine Arroganz und sein überhebliches Grinsen, das ich ihm am liebsten aus dem Gesicht wischen würde, machen mich stinkwütend. Aber nachdem er weiß, dass seine Frau ihm auf der Spur ist, soll er so viele falsche Schlüsse ziehen, wie nur möglich.

Ich schlucke meinen Stolz hinunter und bin bereit, hier und jetzt die Performance meines Lebens abzuliefern. Zu irgendetwas muss die Erfahrung im Lügen, die ich in den letzten Tagen gesammelt habe, schließlich gut sein.

»Ich will die Wahrheit«, sage ich mit fester Stimme. »Bist du wirklich verheiratet?«

»Die Familie meiner Frau denkt das, ja, aber die Ehe besteht seit einem Jahr nur noch auf dem Papier«, antwortet er nach kurzem Zögern.

Ich stoße einen verächtlichen Laut aus.

»Komm schon, Louisa. Tu nicht so, als würde dich das sonderlich überraschen. Dir muss doch aufgefallen sein, dass wir nie Zeit in meiner Wohnung verbracht haben. Oder dass ich am Wochenende oft Termine außerhalb Frankfurts hatte.« Provozierend sieht er mich an. »Das war dir doch ganz recht, oder? Du hast neben deiner Arbeit keine Zeit für eine echte Beziehung. Das, was wir hatten, war perfekt für deine Bedürfnisse.«

Je länger Karsten spricht, desto mehr fühlt sich mein Magen an, als wäre er mit Blei ausgegossen worden.

»Baby, das können wir auch weiterhin haben.«

Mit seinem Körper presst er mich gegen seine Zimmertür. Langsam streicht er mit seinen Fingern an meinem Gesicht entlang. Ich muss all meine Kraft aufbringen, um einen Würgereiz zu unterdrücken.

»Wir hatten doch Spaß miteinander.« Aus seiner Hosentasche fischt er seine Zimmerkarte hervor. »Komm mit rein und ich erinnere dich daran, wieviel Spaß wir miteinander hatten.«

Wenn er so weitermacht, muss ich mich tatsächlich übergeben. Zeit, seinem aufgeblasenen Ego einen Dämpfer zu verpassen. Unter größter emotionaler Kraftanstrengung zwinge ich mir einen lasziven Ausdruck ins Gesicht und fahre mit einer Hand durch Karstens Haare. »Ach, mein Dummerchen, hätten wir so viel Spaß miteinander gehabt, wie du zu glauben scheinst, dann hätte ich doch versucht, viel mehr Zeit mit dir zu verbringen. Am Anfang war das vielleicht ein netter Zeitvertreib, aber in den letzten Monaten war es doch eher … fad.«

Karstens Haltung versteift sich.

Mit einem kräftigen Ruck an seinen Haaren ziehe ich seinen Kopf zu mir herunter. »Rosa Hemden passen nicht zu deinem Teint, Schatz«, sage ich mit einem Kopfnicken Richtung seines Oberkörpers. »Außerdem solltest du dir dringend dieses Grunzen beim Sex abgewöhnen. Das macht keine Frau an.«

Karstens Gesichtszüge verhärten sich, verächtlich sieht er mich an. »Ich weiß nicht genau, welches Spiel du hier spielst, Louisa, aber ich kann dir garantieren, dass du es nicht gewinnen wirst.« Seine Hand bewegt sich auf meinen Hals zu.

Noch bevor sie meine Haut erreicht, mache ich sie mit meinem Lieblingsgriff aus dem Aikido bekannt. Langsam geht Karsten vor mir in die Knie. »Du wolltest über Spielchancen sprechen, verlogener Ehebrecher?« Herausfordernd sehe ich ihn an.

Karsten öffnet und schließt lautlos seinen Mund, wie ein Fisch auf dem Trockenen.

»Nachdem du dir ein Jahr lang nicht besonders viel Mühe gegeben hast, mich kennenzulernen, bin ich richtig froh, dass wir heute endlich mal die Gelegenheit haben, ein wenig zu plaudern. Das ist schön, findest du nicht?« Ich bin überrascht, wie herablassend das klingt, denn innerlich fühle ich mich überhaupt nicht überlegen.

»Was willst du?«, presst er schließlich hervor.

Ich beuge mich zu ihm hinunter und greife mir seinen Hemdkragen. Ganz langsam ziehe ich Karsten zu mir heran und spreche dicht an seinem Ohr. »Ich will, dass du mir in Frankfurt aus dem Weg gehst. Du wirst nicht mehr bei uns in der Firma aufkreuzen. Du wirst dich von meinen Lieblingslokalen fernhalten. Solltest du mich irgendwo auf der Straße sehen, dann wirst du die Straßenseite wechseln. Und die einzigen Worte, die ich in Bezug auf meine Person in diesem Leben noch aus deinem Mund hören möchte, sind: Es tut mir leid, dass ich ein egomanes Arschloch bin und immer sein werde.« Meine Stimme klingt eiskalt. Ich trete einen Schritt zurück, halte aber immer noch seinen Hemdkragen fest. Meine Augen verengen sich zu kleinen Schlitzen. »Hast. Du. Das. Verstanden?«

Karsten nickt langsam und sieht fast ängstlich aus.

Ich fühle mich großartig und muss aufpassen, weiterhin ein möglichst einschüchterndes Gesicht zu machen. So verächtlich wie möglich sehe ich Karsten an und bringe mit einem kurzen, kräftigen Schubs gegen seine Schulter etwas Abstand zwischen uns.

***

Ich fühle mich wie ein Preisboxer, der gerade den Kampf seines Lebens gewonnen hat, als ich keine fünfzehn Minuten später den Flur zu Davids Zimmer entlangeile. Rhythmisch klopfe ich mit meinen Fingerknöcheln an seine Tür.

Keine Antwort. Ungeduldig tripple ich auf der Stelle. Ich kann es kaum erwarten, David von den neuesten Entwicklungen zu erzählen. Er wird genauso überrascht sein, wie ich, dass Oliver etwas mit Karsten zu schaffen hat. Erneut klopfe ich an seine Zimmertür.

Immer noch keine Reaktion. Vielleicht ist er gerade im Bad?

Nach etwa einer halben Minute versuche ich es erneut. Im Zimmer bleibt es stumm. Nach einigen weiteren Minuten gebe ich auf. Bestimmt ist David beim Frühstück, weil er mich nicht finden konnte. Aufgekratzt stürme ich kurze Zeit später in den großen Frühstückssaal. Der Raum mit dem riesigen Frühstücksbuffet ist nahezu voll besetzt. Mühsam schlängle ich mich zwischen Gästen und Kellnern hindurch. Mein Blick schweift ununterbrochen umher. Da! Dunkelblonde Haare, passende Größe. Als ich den Mann im Profil sehen kann, weiß ich jedoch sofort, dass es nicht David ist.

Wo um Himmels Willen steckt er?

***

»Abgereist?!« Entgeistert starre ich den jungen Mann an der Rezeption an, dem die Situation sichtlich unangenehm ist. Bestimmt liegt hier ein Missverständnis vor. David würde doch nicht einfach so abreisen. Wieso sollte er?

»Bitte entschuldigen Sie, dass ich nochmals nachfrage«, mühsam ringe ich mir ein Lächeln ab und sehe den Hotelangestellten aufmunternd an. »Ich spreche von David Ahrenberg, dem Herrn, der die letzten Tage in Zimmer 204 gewohnt hat.«

»Ja, Herr Ahrenberg ist vor etwa zwanzig Minuten abgereist.« Der junge Mann sieht mich mitleidig an. Das Lächeln ist aus meinem Gesicht verschwunden. Ich habe das Gefühl, wahnsinnig schlecht Luft zu bekommen. Langsam wanke ich auf den Ausgang zu. Abgereist. David ist einfach abgereist. Ohne ein Wort. Ohne eine Erklärung. Und ich stehe hier wie die verschmähte Geliebte.

Ha, die verschmähte Geliebte. Offensichtlich die Rolle meines Lebens. Wie bei den Schauspielerinnen, die immer und immer wieder für romantische Komödien besetzt werden oder ausschließlich für Kriminalserien.

Gestatten, Louisa Feldmann, unwissende Geliebte und neuerdings abgelegter One-Night-Stand.

Kapitel 20

Als ich bereits im Intercity zurück nach Frankfurt sitze, schreibe ich Lena: *Ich komme nach Hause.*

Meine Augen sind von einer riesenhaften Sonnenbrille verdeckt, um meinen Kopf habe ich einen Seidenschal geschlungen. Den Sitz am Gang blockiert mein großer Shopper, sodass hoffentlich niemand auf die Idee kommt, neben mir Platz zu nehmen oder mich gar in ein Gespräch zu verwickeln.

Auf der siebenstündigen Zugfahrt stürmen die Ereignisse der letzten Tage meine Gedanken. Sylt hat es tatsächlich geschafft, mich zu verzaubern. Oder war es gar nicht so sehr der Ort, der seine Magie hat wirken lassen? Waren es vielmehr David und die Zeit mit ihm auf der Insel?

Nach einem Jahr hat Karsten mir heute Früh sein wahres Gesicht gezeigt. Was, wenn auch David nicht der ist, der er die letzten Tage vorgab, zu sein. Habe ich mich in ihm getäuscht? Brauchte er nur jemanden, der ihm dabei half, näher an Oliver und Co. heranzukommen? Habe ich mir diese Verbindung zwischen uns nur eingebildet?

Von David bekomme ich keine Antworten, denn meine Anrufe und Nachrichten bleiben unbeantwortet. Immer wieder sehe ich mir das Selfie an, das David von uns gestern Abend gemacht hat, und kann gar nicht glauben, dass das nicht einmal vierundzwanzig Stunden her ist. Was ist seit diesem schönen Moment nur schiefgelaufen?

Nach so vielen Stunden Grübelei ist mir bei der Ankunft in Frankfurt ganz elend. Mit flauem Magen verlasse ich den Zug und verstecke meine müden Augen immer noch hinter meiner großen Sonnenbrille. Als ich das Ende des Gleises erreiche, erkenne ich Lena, die auf mich wartet.

»Ach Shit, Süße«, ist das Einzige, was sie sagt, bevor sie mich fest in ihre Arme schließt. Und das ist der Moment, in dem ich meinen nicht geweinten Tränen endlich erlaube, zu fließen. Als mir in Lenas Armen klar wird, dass ich um jemanden, den ich nur wenige Tage kannte, heule wie ein Kleinkind, das sein Schmusetier verloren hat, geht mein Weinen in lautes Schluchzen über.

Lena, die mich noch nie so aufgelöst gesehen hat, bringt mich in meine Wohnung. Dort kocht sie Tee und Suppe, schleppt massenhaft Pralinen und Schokoküsse an und besorgt eine extraweiche Decke, damit ich meine Couch erstmal nicht mehr verlassen muss.

Geduldig hört sie sich zum bestimmt zwanzigsten Mal an, wie ich zu ergründen versuche, was in den letzten Tagen passiert ist. Dabei hat sie Wichtigeres zu tun. Herrjeh, ich hätte gern Wichtigeres zu tun. Aber meine Gedanken kreisen um ein und dasselbe Thema.

»David brauchte Hilfe, um seinen Geschäftspartner besser beobachten zu können. Da kam ich gerade recht«, schniefe ich. »Er suchte Ablenkung und wollte sich besser fühlen, nachdem ihm klar wurde, dass eine langjährige Mitarbeiterin sein Vertrauen missbraucht hat. Da kam eine Nacht mit mir sehr gelegen. So, wie ich mir eine monogame Beziehung mit Karsten nur eingebildet habe, ist es auch mit dieser besonderen Verbindung, die ich zwischen David und mir gespürt habe. Das war alles nur in meinem Kopf.«

Lena sieht mich zweifelnd an. »Süße, ich weiß nicht, ob du dir da nicht etwas einredest, das gar nicht stimmt.« Sie legt ihren Arm um mich. »Nur, weil Karsten so ein lügender Egomane ist, muss das nicht auf David zutreffen. Vielleicht gibt es einen guten Grund für seine Abreise. Einen weiteren Notfall in der Firma, noch ein Großkunde, der abgesprungen ist, und sein Bruder brauchte dringend seine Unterstützung. Es kann zig Erklärungen für Davids Verschwinden geben.«

»Er hat bisher weder auf meine Anrufe, noch auf meine Nachrichten reagiert. Ich bezweifle, dass es diese gute Erklärung gibt, von der du sprichst.« Ich stopfe mir eine Praline in den Mund und kuschle mich tiefer in die Decke auf meinem Sofa. »Ich komme mir vor wie eine Vollidiotin.«

Während der Rückfahrt von Sylt hatte ich ausreichend Gelegenheit, alle möglichen Szenarien durchzugehen. Viele davon scheinen im Bereich des Möglichen zu liegen, bis man eine kleine, feine Tatsache hinzufügt: Es dauert keine zwei Minuten, eine Nachricht zu hinterlassen. Keine zwei Minuten, um einer Person, die einem wichtig ist, zu sagen, dass man kurzfristig wegmuss, es einem leidtut und man sich baldmöglichst meldet. Diese zwei Minuten war ich David nicht wert.

Rotwein und Nougatpralinen sind nicht das Abendessen für Champions – zumindest nicht in der Menge, die ich zu mir genommen habe. Denn am nächsten Morgen wache ich verkatert und mit üblem Sodbrennen auf meinem Sofa auf. Es riecht weihnachtlich.

Auf der Suche nach Wasser treffe ich Lena in meiner Küche, wo sie für mich gerade warmes Porridge mit Zimt zubereitet. Gedankenverloren rührt sie in einem kupferfarbenen Topf. So häuslich kenne ich sie gar nicht. Nachdem sie mir einige Löffel süßen Haferschleim aufgezwungen hat, nimmt sie meine nicht gerade vor Lebensfreude strotzende Erscheinung genauer unter die Lupe.

»Süße, wie lange hast du noch Urlaub?«

»Morgen muss ich wieder ins Büro.«

»In deinem Zustand gehst du nicht arbeiten. Wenn dich jemand vom Zoll so siehst, wirst du garantiert auf Drogenbesitz hin überprüft.« Schön, dass wenigstens eine von uns noch Scherze machen kann.

Lena schleift mich zu Frau Dr. Häuser, die ziemlich entsetzt ist über meinen Zustand nach einer sogenannten *Auszeit* und mich sofort für eine Woche krankschreibt.

Kaum sind wir von der Ärztin zurück in meiner Wohnung, schleppe ich mich wie ein verletztes Tier auf mein Sofa, um dort weiter meine Wunden zu lecken. Dachte ich gestern noch, dass ich mich als abgelegter One-Night-Stand schlecht fühle und dieser Tag meinen persönlichen

Tiefpunkt darstellt, werde ich heute eines Besseren belehrt. Nachdem David bisher auf keinen meiner Anrufe reagiert hat, geht plötzlich eine Nachricht von ihm auf meinem Handy ein.

David: *Ich hoffe, du hattest deinen Spaß dabei, mich tagelang zu manipulieren. Dass du mit mir ins Bett gehen würdest, um mich davon abzulenken, dass dein lieber Karsten mit Interna meiner Firma gutes Geld macht, hätte ich nicht gedacht. Aber was soll man von einer professionellen Lügnerin schon erwarten. Ihr beide habt euch echt verdient!*

»Du bist ja leichenblass.« Lena sieht mich schockiert an, als sie ins Wohnzimmer kommt.

Ich kann nichts sagen und halte ihr nur mein Display mit der Nachricht von David hin.

»Wie kommt er denn auf diese absurde Idee?« Ihre Stirn in Falten gelegt, tippt sie sich mit ihrem Daumennagel an die Vorderzähne. »Aber noch viel wichtiger: Woher weiß er das mit Karsten?« Nach einigen Sekunden ändert sich ihr Gesichtsausdruck und wären wir Teil eines Zeichentrickfilms, dann würde eine gelbe Glühbirne über ihrem Kopf aufleuchten. »Holy Shit! Gib mir seine Nummer!« Lenas Hand schnappt nach meinem Smartphone.

»Bist du verrückt? Was ist denn überhaupt los?«

»Louisa«, knurrt sie, »gib mir seine Nummer.«

Widerwillig rücke ich mein Telefon raus. »Verrätst du mir jetzt, was los ist?«

Lena speichert Davids Handynummer in ihr Telefon, dann sieht sie mich mit leuchtenden Augen an. »Wenn David dich mit Karstens mutmaßlichem Verkauf von Unternehmensgeheimnissen in Verbindung bringt, bedeutet das, dass die da oben in Hamburg Beweise dafür haben, dass Karsten in die Betriebsspionage in ihrer Firma involviert ist.« Kurz sieht sie nachdenklich aus. »Zumindest ist das die einzige Erklärung, die mir zu diesen beschissenen Vorwürfen gegen dich einfällt.«

Aufgeregt hält sich Lena das Handy ans Ohr. »Geht auf die Mailbox«, murmelt sie. »Süße, ich muss in die Kanzlei. Zu dieser Theorie graben wir jetzt tiefer. Wär doch gelacht, wenn wir es nicht schaffen, Karstens Eier endgültig an die Wand zu nageln.« Lena umarmt mich kurz, bevor sie aus meiner Wohnung stürmt.

Meine beste Freundin schaltet sofort in den Fürsorgemodus, als sie am Abend wiederkommt und mich weinend auf der Couch vorfindet.

»Süße, hast du das Sofa heute mal verlassen?«

Matt schüttle ich mit dem Kopf.

»Hast du seit dem Porridge heute früh was gegessen?«

Wieder ein Kopfschütteln.

»Soll ich dir was zu essen machen?«

»Nein«, flüstere ich.

»Ich könnte dir ein Bad einlassen«, schlägt Lena vor. »Danach fühlst du dich bestimmt besser.«

»Nein, ich will einfach nur hier liegen«, sage ich mit schwacher Stimme.

Lena streichelt mir liebevoll über den Kopf. »Jetzt kann nur noch eine helfen. Ich rufe Fanny an, damit sie morgen herkommt.«

***

»Loulou!« Mit beiden Händen streicht meine Mutter über mein Haar, über meine Wangen und zieht mich in ihre Arme. Sachte wiegt sie mich hin und her. Sofort fühle ich mich unglaublich geborgen. Das war auch als Kind schon so, obwohl Fanny Feldmann da noch nicht spirituell erleuchtet war. Heute hat meine Mutter eine fast unwirklich positive Ausstrahlung.

»Meine kleine Loulou«, sie sieht mich lange an, ohne ein Wort über mein desaströses Aussehen zu verlieren. Auch meinen inzwischen nicht mehr taufrischen Körpergeruch lässt sie unkommentiert. »Komm, ich setz uns erst mal einen Tee auf.« Sie zieht mich mit sich in meine Küche, wo sie aus einer großen Stofftasche frischen Ingwer, Bio-Zitronen, Kurkuma-Pulver, Pfefferkörner und allerlei weitere sehr gesund aussehende Zutaten auf meine Kücheninsel räumt.

»Ich habe dir auch einige Heilsteine mitgebracht.« Zu den Teeutensilien auf meiner Arbeitsfläche gesellen sich bunte Steine. »Hier, zum Beispiel der Bergkristall.« Meine Mutter nimmt einen der Steine in die Hand und hält ihn mir entgegen. »Der kann dir helfen, Klarheit zu finden und deine Intuition zu steigern.«

»Da hat er aber viel zu tun«, sage ich sarkastisch.

Sie nimmt einen weiteren Stein zur Hand und hält ihn an meinen Solar Plexus. »Das Tigerauge kann dich bei schwierigen Entscheidungen unterstützen.«

»Mama«, stöhne ich. »Das ist doch alles Humbug.«

Fanny Feldmann ist nicht zu bremsen. In den nächsten Stunden wird mir Tee eingeflößt, es werden mir Steine aufgelegt, ich werde durch bestimmte Atemübungen gecoacht und bekomme eine Fußreflexzonenmassage.

Und was soll ich sagen? Danach fühle ich mich tatsächlich ein wenig besser. Zumindest bin ich imstande, eine Art Erwachsenengespräch mit meiner Mutter zu führen.

»In den letzten Tagen habe ich mich häufig gefragt, ob ich überhaupt in Karsten verliebt war. Habe ich mir jemals eine Zukunft mit Karsten ausgemalt? Oder war unsere Beziehung auch von meiner Seite aus eine eher praktische Angelegenheit?«

Meine Mutter kommentiert das nicht, sondern lässt mich reden.

»Ich verstehe nicht, was mit mir los ist. Wieso fühle ich mich so schlecht wegen jemandem, den ich nur ein paar Tage lang kannte?«

»Loulou, du bist verliebt! Deshalb wirft es dich so aus der Bahn, dass David dich ghostet.« Wo schnappt sie nur immer solche Ausdrücke auf? Ghosten. Fast muss ich schmunzeln, aber zum Glück fällt mir noch rechtzeitig ein, dass es mir schlecht geht.

»Weißt du«, fahre ich fort, »in all den Monaten mit Karsten habe ich mich gar nicht wie ich selbst gefühlt. Ich habe eine Rolle verkörpert, war Teil eines Paares, das die Arbeit mehr schätzt als das Zusammensein, dem Geschäftstermine immer wichtiger sind als gemeinsame Zeit.« Traurig sehe ich meine Mutter an. »Das ist etwas, das David mir gegeben hat. Mit jedem Tag auf dieser Insel, mit jedem Tag, den ich mit ihm verbracht habe, fühlte ich mich mehr wie ich selbst.« Humorlos lache ich auf. »Und das trotz Verkleidung.«

Liebevoll lächelt meine Mutter mich an.

»Ich wollte Zeit mit ihm verbringen, habe seine Nähe genossen. Aber jetzt frage ich mich immer wieder, ob David nur eine nette Ablenkung für mich war. Eine Möglichkeit, um die Sache mit Karsten schneller abzuhaken.«

»Du musst einen Abschluss finden, Liebling«, sagt meine Mutter sehr bestimmt. »Dieses Gedankenkarussell in deinem Kopf wird dich sonst noch Jahre begleiten.«

»Er ist gegangen, Mama, ohne ein Wort. Wie soll ich denn da einen Abschluss finden?«

Erstaunt sieht mich meine Mutter an. »Loulou, du tust ja so, als sei der Mann tot. Fahr zu ihm nach Hamburg und dann hol dir die Antworten, die du brauchst.«

»Er wird doch gar nicht erst mit mir sprechen, Mama. Würde er das wollen, hätte er sich doch längst gemeldet. Ich war es schließlich nicht, die ohne ein Wort aus diesem verdammten Hotel abgehauen ist und ihn dann später beschuldigt hat, nur mit mir ins Bett gegangen zu sein, um zu verschleiern, dass seine Freundin Geschäftsgeheimnisse verkauft!«

»Das ist jetzt die Angst, die aus dir spricht. Angst, zurückgewiesen zu werden, Angst, nicht gut genug zu sein, Angst, nochmals verletzt zu werden. Und vielleicht auch die Angst davor, deinem Bauchgefühl nicht trauen zu können.«

Wie so häufig trifft Fanny Feldmann mitten ins Schwarze.

Ich kann mich nicht dazu aufraffen, nach Hamburg zu fahren. Mein Stolz erlaubt es nicht. Und die inzwischen fünf Tage anhaltende Funkstille von David zeigt mir, dass er mich – die professionelle Lügnerin – längst abgeschrieben hat. Er hat kein Interesse, meine Seite der Geschichte zu hören oder sich der Tatsache zu stellen, dass er sich einen Schwachsinn über mich zusammengereimt hat.

Wenigstens an der Karsten-Front hat Lena gute Neuigkeiten zu berichten. Mit mehreren Klagen wegen Verrats von Geschäftsgeheimnissen im Nacken ist eine nette Scheidungsvereinbarung Karstens kleinstes Problem. Da auch die Familie seiner Frau und das von ihnen geführte Unternehmen zu den Klägern zählen, ist er auf jedes Wohlwollen angewiesen, das er kriegen kann.

Seine Karriere als Unternehmensberater bestand nicht nur aus seriösen Geschäftsbeziehungen. Karsten hat seine Kenntnisse aus den Entwicklungsabteilungen, die er als externer Consultant beraten sollte, gewinnbringend zweitverwertet und an die Konkurrenz verkauft. Zudem hat er private Beziehungen zu diversen Blondinen vertieft, die bei seinen Auftraggebern beschäftigt waren, um an weitere brauchbare Informationen zu kommen.

Meinen Lebenslauf darf ich nach *unwissender Geliebten* und *abgelegtem One-Night-Stand* nun durch *gutgläubige Informationsquelle* ergänzen.

Wenn mich das mal nicht zu einem echten Fang macht.

Kapitel 21

Als ich die Tür öffne, setzt mein Herz einen Schlag aus. Ich versuche, meine Stimme unter Kontrolle zu halten und darin nicht das Zittern klingen zu lassen, das ich am ganzen Körper spüre.

»Warum bist du hier?«, frage ich schließlich.

»Darf ich reinkommen?«

»Nein.« Ich will die Tür wieder schließen, doch David stemmt seinen Arm dagegen.

»Louisa, bitte.«

Ein verächtlicher Laut entfährt mir, aber ich unterlasse einen weiteren Versuch, ihm meine Wohnungstür gegen den Kopf zu knallen.

»Warum bist du hier?«, wiederhole ich meine Frage, dieses Mal vehementer.

David sieht mir nur in die Augen und hält mir sein Handy hin. Fragend blicke ich von seinem Smartphone zu ihm und wieder auf das schwarze Display. Langsam entsperrt er den Bildschirm, ruft eine Sprachnachricht auf und regelt die Lautstärke nach oben. Ich starre immer noch auf das Display, als eine mir sehr bekannte Stimme erklingt.

Hey Arschloch. Das ist eindeutig eine Nachricht von Lena. Aber wieso hat David eine Voicemail von meiner besten Freundin, von der ich nichts weiß? Ich zwinge mich, weiter zuzuhören. ... *ich rufe an, weil dir möglicherweise sonst noch niemand gesagt hat, wie unglaublich feige dein Verhalten ist. Du schuldest Louisa ein paar Antworten. Also schwing deinen Hintern nach Frankfurt, sieh ihr in die Augen und beantworte ehrlich ihre Fragen. Ein richtiger Mann stellt sich den Konsequenzen seiner Handlungen und taucht nicht einfach ab.*

Wow.

»Deshalb bist du also hier.« Mein Herz schlägt mir bis zum Hals. Jetzt werde ich mir gleich die Abfuhr holen, vor der ich mich seit Tagen drücke.

»Nicht so ganz.«

Moment, habe ich das richtig gehört? Er ist nicht wegen Lenas Nachricht hier?

Nervös sieht sich David im Treppenhaus um. »Darf ich jetzt vielleicht reinkommen?«

»Nein.«

»Okay.« Er atmet tief durch. »Lena hat dir sicher erzählt, was Karsten mit unserer Firma zu schaffen hatte.«

Verlegen sehe ich zu Boden, meine Haare fallen mir vors Gesicht. »Möglicherweise war ich nicht die beste Gesprächspartnerin in den letzten Tagen.« Mit meinem Fuß male ich Kreise auf den Parkettboden meines Flurs. »Es könnte auch sein, dass ich ihr verboten habe, in meiner Gegenwart deinen Namen zu erwähnen. Oder dein Unternehmen. Oder Hamburg.« Vorsichtig blinzle ich zu David hoch, um dessen Augen sich Lachfältchen gebildet haben.

»Ah.« Er schmunzelt. »Kann es sein, dass du außerdem meine Nummer blockiert hast?«

Ich nicke beschämt.

Sanft fasst David unter mein Kinn, streicht meine Haare zurück und sorgt dafür, dass ich ihm ins Gesicht sehe.

»Ich wollte dich sowieso lieber persönlich sprechen«, sagt er. »Falls du mich lässt, würde ich dir gern mein plötzliches Verschwinden und meine üblen Vorwürfe gegen dich erklären.« Jetzt ist es David, der betreten zu Boden sieht. »Aber bevor ich beides erkläre, muss ich mich bei dir entschuldigen. Ich war ein ignoranter Arsch.«

Das entlockt mir ein zaghaftes Lächeln, was sofort wieder verschwindet, als David weiterspricht.

»Ich habe dich zusammen mit Karsten gesehen an dem Morgen. Ihr standet vor seiner Zimmertür. Ward euch sehr nah, habt euch berührt.« David sieht mich traurig an. »Du hattest deine Hände in seinen Haaren vergraben. Da ich nicht mitansehen wollte, wie ihr euch küsst, war das der Moment, in dem ich aus dem Hotelflur abgehauen bin.«

Ich öffne meinen Mund, um etwas zu erwidern, aber David hält mich zurück. »Dass ich nur ein paar Sekunden länger hätte zusehen müssen, weiß ich jetzt. Lena hat mir dafür schon gehörig den Hintern versohlt. Zum Glück nur im übertragenen Sinne.« Wir lächeln uns an.

»Als klar war, dass nicht nur unser Vertriebschef, sondern auch eine der langjährigsten Mitarbeiterinnen, die bis dahin unser vollstes Vertrauen genoss, uns hintergeht, war ich komplett durch den Wind. Dich dann so vertraut mit Karsten zu beobachten, nachdem wir diese unglaubliche Nacht miteinander verbracht hatten …«, seine Augen suchen meine. »Ich dachte, wir hätten etwas ganz Besonderes, was du einfach wegwirfst. Da habe ich rotgesehen und bin abgehauen. Eurer Wiedervereinigung wollte ich nicht im Wege stehen.«

Erst jetzt bemerke ich, dass ich den Atem angehalten habe. Mein Herz pocht wie verrückt. Mit einigen tiefen Atemzügen versuche ich, meinen laut jubelnden Herzschlag zu beruhigen. David hat auch eine besondere Verbindung gespürt. Ich habe mir das nicht eingeredet.

»Dieses Missverständnis«, fährt David fort, »hat dann leider zu einem weiteren geführt. Es tut mir sehr leid, dass ich dir diese beleidigende Nachricht geschickt habe.« Mit beiden Händen rauft er sich die Haare. »Noch auf der Zugfahrt nach Hamburg habe ich die Fotos durchgesehen, die du mir aus Olivers Suite geschickt hattest. Zuerst dachte ich, dass nur die beiden technischen Zeichnungen unser Unternehmen betreffen, aber dann fiel mir auf, dass auch einige der anderen Unterlagen interne Details zu unseren Geschäftsvorgängen beinhalteten. Darauf tauchte immer wieder jemand mit dem Vornamen Karsten auf. Ich habe den Zusammenhang nicht sofort hergestellt, zunächst fand ich es nur merkwürdig. Ein Bild hat das Ganze erst ergeben, als ich in Hamburg Gelegenheit hatte, alle Fotos mit meinem Bruder durchzugehen. Der konnte nicht nur sofort etwas mit Karstens Namen anfangen, sondern hat ihn im Hintergrund auf den Schnappschüssen, die ich von dir bei unserem ersten Abendessen gemacht habe, als den Berater identifiziert, der vor einem halben Jahr unsere Research & Development-Abteilung beraten hat.«

»Du hast dann eins und eins zusammengezählt und es kam drei raus«, falle ich David ins Wort und boxe ihm spielerisch gegen die Brust.

Bedröppelt sieht er mich an. »Zu dieser Zeit hat das für mich Sinn ergeben. Karsten steckte mit Oliver unter einer Decke, den *er* übrigens meinem Bruder als neuen Vertriebschef vermittelt hatte, und du mit Karsten.«

»Und zur Ablenkung bin ich dann auch mit dir unter eine Decke geschlüpft, oder wie?« Mit gespielter Entrüstung versetze ich David einen weiteren leichten Boxschlag.

»Ja, das hat sich mein eifersüchtiges Gehirn so zusammengereimt.«

Ich lehne mich an den Türrahmen. »Jetzt verstehe ich, hinter welchen Beweisen Lena bei euch her war. Hat sie dir erzählt, wieso ich Karsten wirklich beobachtet habe? Oder besser gesagt, warum sie mich dazu überredet hat, ihm nachzustellen?«

David nickt. »Lena war ganz aus dem Häuschen, als sie mich erreicht hat und ich ihr bestätigt habe, dass wir Karstens Beteiligung an der Betriebsspionage bei uns eindeutig belegen können. Auch unser Rechtsanwalt fand diese Informationen sehr interessant«, zwinkert er. »Der konnte damit unsere Klage vorbereiten. Deine Freundin Lena hat dann dafür gesorgt, dass es nicht bei dieser einen Klage bleibt, da sie noch andere Unternehmen ausfindig gemacht hat, bei denen Karsten während seiner Beratertätigkeit lukrative Insights gesammelt hat.«

»Willst du reinkommen?«, frage ich David mit einem Lächeln, als mir auffällt, dass wir diese Unterhaltung noch immer zwischen Tür und Angel führen.

Er macht einen Schritt in meine Wohnung, schließt die Tür hinter sich und bleibt dort stehen. Kurz schaut er zum Smartphone in seiner Hand, auf dem er vorhin Lenas Nachricht abgespielt hat.

»Du hast eine tolle Freundin.« David sieht mich ernst an.

Ich dagegen kann ein freudiges Grinsen darüber, ihn hier in meiner Wohnung zu haben, nicht länger unterdrücken. »Erzähl mir lieber etwas, das ich noch nicht weiß.«

Er tritt einen Schritt näher. Ich halte die Luft an, als er mir zärtlich eine Haarsträhne hinters Ohr streicht. »Okay, kein Problem.« Er sieht mir tief in die Augen. *Gott, wie ich das vermisst habe.*

»Ich liebe deinen Augen. Diese unglaublichen Augen in Karibikwasserblau.« Seine Hände umrahmen mein Gesicht. *Ja, bitte mehr davon.* »Ich liebe deinen schnellen Verstand, deine großartigen Ideen, deine Begeisterungsfähigkeit.« Mit seinem Zeigefinger fährt er sanft meine Nase entlang. »Ich liebe deine Haut, die auch im Herbst nach Sommer aussieht.« Sein Daumen berührt federleicht meine Lippen. »Ich liebe deinen Mund und die Geschichten, die er erzählt. Ich liebe es sogar, wenn du mich mit französischen Backwaren bedrohst. Ich liebe dein Lachen. Und will alles dafür tun, es möglichst oft in meiner Gegenwart zu hören.« David hält kurz inne, atmet tief ein und zieht mich noch näher zu sich. »Ich will dich in meinem Leben.«

Ich kann nichts weiter tun, als in seine Augen zu schauen. Kann keinen klaren Gedanken fassen. Als ich versuche, etwas zu sagen, bleibt mein Mund stumm.

Langsam schleicht sich ein Lächeln in Davids Gesicht. »Und falls du nicht verstanden haben solltest, was ich damit meine …«. Wieder umrahmt er mit beiden Händen mein Gesicht. »Ich …«, er küsst mich kurz, »bin gerade dabei …«, ein weiterer Kuss, »… mich in dich zu verlieben.« Wieder dieser Blick, der meinen ganzen Körper mit einem wohligen Schauer überzieht. »Und ich habe nicht vor, damit aufzuhören.«

»Das, … das«, stottere ich, »das wusste ich wirklich noch nicht.«

Eine halbe Stunde später stehen wir noch immer knutschend im Flur. Es ist merkwürdig und sehr schön zugleich, David wieder so nah zu sein.

»Deine Freundin Lena war übrigens nicht die einzige Person, die mir den Kopf gewaschen hat«, gibt David zu.

»Nicht?«

Wieder dieser traurige Blick aus Davids Augen. »Mein Bruder hat die letzten zwei Tage nicht mit mir geredet.« Zerknirscht sieht er zu Boden.

Ich habe keine Ahnung, worauf er hinauswill, aber ich spüre, dass es ihm wichtig ist, mir die ganze Geschichte zu erzählen. In entspannter Haltung lehne ich mich gegen die Wand in meinem Flur.

»Sobald ich zurück in Hamburg war, ging es extrem hektisch zu. Wir hatten stundenlange Gespräche mit unserem Rechtsanwalt und mussten uns neben Oliver auch um Karins Verstrickungen kümmern. Soweit wir nun wissen, hat sie wohl aus einer absoluten Notlage heraus gehandelt, die Oliver gut auszunutzen wusste.« David lehnt sich neben mich an die Wand. »Damit will ich ihr Verhalten nicht entschuldigen. Sie hätte uns nach so vielen gemeinsamen Jahren ins Vertrauen ziehen müssen. Ich bin sicher, wir hätten eine Lösung für die Schulden finden können, die ihr Mann durch ein Spielproblem angehäuft hat.« Niedergeschlagen lässt sich David an der Wand hinab auf den Fußboden sinken.

Ich streiche ihm durch die Haare und gehe neben ihm in die Hocke. »Aus welchem Grund hat dein Bruder nicht mehr mit dir gesprochen?«, will ich wissen.

»Nachdem wir alle sicherheitstechnischen Maßnahmen gegen Oliver und Karin umgesetzt und erste rechtliche Schritte auch gegen Karsten eingeleitet hatten, haben wir von Lena erfahren, wie sie und somit auch du in die Geschichte involviert seid. Wie eine Löwin hat sie deine Ehre verteidigt und war bestimmt überzeugt davon, dass ich mich direkt bei dir melden würde, sobald mir klar ist, dass du mich nicht hintergangen hast und du erst recht nicht mit Karsten zusammen bist.« David sieht mich nicht an, als er weiterspricht. »Als das nicht geschah, hat sie mir die Nachricht hinterlassen, die du vorhin gehört hast. Mein Bruder war dabei, als ich sie das erste Mal abgehört habe. Über Lautsprecher. Natürlich wollte er sofort wissen, was Lena meint. Er hat mich so lange gedrängt, bis ich ihm erzählt habe, was auf Sylt zwischen uns war. Danach hat er mich nur noch damit gelöchert, warum ich nicht schon längst auf dem Weg nach Frankfurt bin.«

»Eine interessante Frage«, werfe ich ein und ziehe gespannt eine Augenbraue nach oben.

David holt tief Luft und atmet ganz langsam wieder aus, als müsse er sich beruhigen.

»In der Zeit, als mein Vater im Sterben lag, war ich in einer Beziehung«, beginnt er leise zu erzählen. »Die Frau, mit der ich zusammen war, hat mich sehr vereinnahmt. Sie war schnell eifersüchtig – auch auf die Zeit, die ich bei meinem Vater im Krankenhaus verbracht habe. Ständig kam sie mit frei erfundenen Geschichten, wieso sie meine Hilfe braucht oder warum wir irgendwo unbedingt gemeinsam hingehen müssen. Wegen ihr habe ich viele der letzten Stunden im Leben meines Vaters verpasst.«

Ich nehme Davids Hand und drücke sie fest.

»Nachdem ich schon nicht für meinen Vater da war, als er im Sterben lag, konnte ich unmöglich die Firma, sein Lebenswerk, verlieren. Deshalb war ich so versessen darauf, herauszufinden, wie Informationen an unsere Wettbewerber gelangen und was Oliver damit zu tun hat.« Davids rechter Mundwinkel zuckt. »Dann traf ich dich. Du warst die perfekte Ablenkung und ich wusste, ich muss mich von dir fernhalten. Aber ich konnte es nicht. Dann habe ich dir auch noch unseren Deal vorgeschlagen, was es natürlich nochmals schwieriger für mich gemacht hat, Abstand zu dir zu wahren. Und das Schlimmste: du warst einfach perfekt. Hast dich unerschrocken an Oliver und seine beiden Kumpane geheftet und die Beweise beschafft. Du warst clever und schön und ich war schon bei unserem Kuss im Watt komplett verschossen in dich.«

Wir lächeln uns an und ich lehne mich an Davids Schulter, als er weitererzählt.

»Nach unserer Nacht war ich auf Wolke 7, von der ich am Morgen danach ziemlich derbe abgestürzt bin. Als ich dann auch noch überzeugt davon war, dass du im Auftrag von Karsten meine Nähe gesucht hast, wusste ich, dass ich meinem Urteilsvermögen in Bezug auf Frauen nicht trauen kann.« Er räuspert sich. »Deshalb dachte ich, es sei besser, dich nicht noch einmal in mein Leben zu holen.« Verlegen sieht mich David an. »Wer verbrennt sich schon gern mehrfach die Finger?«

Ich küsse Davids Hand, die ich immer noch in meiner halte. »Wir sind uns so viel ähnlicher, als du vielleicht glaubst.«

David streckt seine Beine, die er bisher angewinkelt hatte, auf meinem Flurboden aus.

»Habe ich es deinem Bruder zu verdanken, dass du jetzt hier mit mir auf dem Parkett sitzt?«, frage ich und zwicke ihn in die Seite.

»Er hat mir mit seiner zweitägigen Missachtung zumindest sehr deutlich gemacht, was er von meiner Entscheidung hält. Und irgendwann ist dann auch bei mir der Groschen gefallen.« David strahlt mich an, dann aber ist es, als würde jemand sein Strahlen sekündlich herunterdimmen. »Ich hatte nicht vor, dir wehzutun.«

»Hey«, sage ich, umfasse mit einer Hand sanft sein Kinn und drehe seinen Kopf zu mir. »Braucht hier vielleicht jemand ein wenig Aufmunterung?« Ich küsse ihn lange. »Darin bin ich nämlich ganz gut«, ergänze ich mit einem unschuldigen Lächeln.

David zieht mich in einen weiteren Kuss. »Und wenn du dich daran erinnerst, wie die Nacht deines letzten

Aufheiterungsversuchs endete, dann weißt du, dass ich dazu niemals nein sagen werde.«

»Da wir bereits bei mir sind, kann ich dir die Frage von dem Abend auf Sylt leider nicht stellen, aber wie wär's mit *Sofa oder Bett?*«

Epilog

Acht Monate später.

Hey, Arschloch!« Lenas Stimme kommt klar und deutlich aus dem Audiosystem in Davids Wagen. Lächelnd schüttle ich den Kopf und schaue leicht beschämt zu David hinüber, da die krude Begrüßung definitiv nicht mir galt. Der sitzt breit grinsend hinter dem Lenkrad und scheint Lenas unverblümte Art amüsant zu finden. Auf dem Platz hinter mir lacht Davids Bruder Lars dröhnend.

»Ups, ich bin wohl auf Lautsprecher«, kichert Lena. »Sorry, not sorry, David. Die liebevolle Begrüßung werde ich sicher noch ein paar Jahre lang beibehalten, also gewöhn dich lieber dran.«

»Ich liebe diese Frau jetzt schon«, kommt es von der Rückbank, was Lena natürlich sofort aufschnappt.

»Ah, sehr gut. Da sitzt zumindest eine Person bei euch im Auto, mit der ich mich dieses Wochenende ganz wunderbar verstehen werde.« Im Hintergrund ist Geschirrklappern zu hören. »Nun zur wichtigsten Frage des Tages: Wo seid ihr schon?«

»Kurz vor Husum«, antwortet David und wirft einen Blick aufs Navi. »Es wird ein Stau vor der Verladestation angezeigt. Kann also sein, dass wir erst in zwei Stunden bei dir am Haus sind.«

»Okay, Leute, Bier und Weißwein stehen kalt, Gemüsespieße sind fertig, Fleisch und Fisch baden in meiner Spezialmarinade. Meldet euch kurz, sobald ihr vom Autozug herunterfahrt, dann kann ich schon mal den Grill anwerfen.«

Wir sind auf dem Weg nach Sylt, wo David und Lars endlich Lena kennenlernen werden. Ich freue mich wie ein Kleinkind auf unser gemeinsames Wochenende in der traumhaften Reetkate von Lenas Onkel, die seit meinem fehlgeschlagenen Besuch vor acht Monaten trockengelegt und renoviert wurde.

David legt seine Hand auf meinen Oberschenkel und schenkt mir ein Lächeln, bevor er seinen Blick wieder auf die Straße heftet. »Im Handschuhfach liegt übrigens eine Tüte mit einem Franzbrötchen für dich.«

»Was?! Wieso sagst du das jetzt erst?« Begeistert reiße ich die Klappe des Handschuhfachs auf. David grinst zufrieden.

»Ich könnte dich küssen«, rufe ich und sein Grinsen wird noch breiter.

Seit David in Frankfurt ein zweites Mal in mein Leben getreten ist, ist dies nur einer von vielen Momenten, in denen ich mich an die alte Dame auf der Zugfahrt nach Sylt erinnere. Wie hatte sie gesagt? Wenn ich einen Mann treffe, dem es Freude bereitet, mir eine Freude zu bereiten, dann solle ich ihn festhalten. Genau das habe ich mit David vor.

Und ja, ich bin konvertiert! Statt meiner geliebten Pain au Chocolat habe ich mich seit meinem Umzug nach Hamburg komplett einem Gebäck namens Franzbrötchen verschrieben. Oh, und in wie vielen wunderbaren Sorten es diese zimtig-zuckrigen Köstlichkeiten gibt! Mit Äpfeln, mit Macadamianüssen, Kürbiskernen und sogar mit Marzipan. Das hat das Pain au Chocolat über die Jahrhunderte nicht geschafft.

Aber immerhin ist meine kulinarische Frankophilie nicht vollends dahin. Schenkt man der Legende zur Entstehungsgeschichte des Franzbrötchens Glauben, dann wurde das Gebäck in Hamburg während der französischen Besatzungszeit im 19. Jahrhundert erfunden.

Auch sonst ist mein Umzug vom Main an die Elbe bisher eine der besseren Entscheidungen in meinem Leben. Statt ein Großunternehmen in Marken- und Designrechtsangelegenheiten zu vertreten, helfe ich nun Start-Up-Gründern dabei, die richtigen Schritte zum Schutz ihrer Marken und Produkte zu gehen.

Yoga und ich werden wohl doch keine Freunde fürs Leben, aber meinen ganz persönlichen Weg der Entspannung habe ich inzwischen gefunden: einen morgendlichen Spaziergang am Wasser, das in Hamburg nie weit entfernt ist.

Apropos Entspannung: David verweigert sich dem Golfspiel leider recht vehement, aber mit seinem Bruder will ich dieses Wochenende noch auf den Platz ganz im Süden von Sylt. Falls wir es jemals auf die Insel schaffen, denn mein erster Versuch, den Hindenburgdamm auf einem Autozug zur überqueren, lehrt mich Folgendes: Das Anstehen – Moment, sagt man das überhaupt, wenn man in einem Auto sitzend wartet? – dauert länger, als die eigentliche Überfahrt.

Diese Erkenntnis erlange ich noch vor der Abfahrt. Ungeduldig trommle ich mit den Fingern meiner rechten Hand auf die Armlehne der Beifahrertür. David wirft mir einen Blick zu, den ich nicht so recht deuten kann.

»Vielleicht findest du im Handschuhfach ja noch etwas, mit dem du dir ein wenig die Zeit vertreiben kannst. Ich, ähm, … ich bräuchte nämlich die Dienste einer Juristin«, sagt er mit einem schiefen Lächeln.

»Das ist jetzt nicht dein Ernst. Du hast Arbeit für mich eingepackt? Liegst du mir nicht seit Monaten in den Ohren, dass wir beide mehr auf unsere Work-Life-Balance achten müssen?«

Aus dem Handschuhfach fische ich einen Umschlag, in dem einige zusammengeheftete Papiere stecken.

»Es wäre toll, wenn du den Vertrag kurz prüfen könntest, nicht, dass sich darin eine Klausel versteckt, mit der wir beide uns nicht anfreunden können.«

Ich traue meinen Augen kaum, als ich erkenne, welchen Vertrag ich da auseinanderfalte. Ein freudiges Kribbeln breitet sich in meinem Körper aus und da wir mit dem Auto immer noch stehen, kann ich David ungehemmt um den Hals fallen.

»Wahnsinn! Der Mietvertrag für die Wohnung in Övelgönne mit Blick auf die Elbe.« Ich küsse Davids Wange, sein Kinn, seinen Mund, alles, was ich in seinem Gesicht erreichen kann. »Ich hätte niemals gedacht, dass wir diese Wohnung bekommen!«

»War auch gar nicht so einfach. Ich musste viel Überzeugungsarbeit leisten, nachdem dein Job sich als echtes Manko bei der Wohnungssuche herausgestellt hat. Vermieter mögen keine Juristen als Mieter, die sie bei der geringsten Kleinigkeit vor Gericht zerren.«

»Dann ist wohl ein großes Dankeschön angebracht«, sage ich strahlend. »Aber irgendwie auch schade, dass wir unser Zu-dir-oder-zu-mir-Spiel nicht mehr spielen können.«

»Prinzessin, wir haben doch bei unserer Versöhnung in Frankfurt schon bewiesen, dass wir auch sehr gut sind in dem Spiel *Sofa oder Bett*.«

»Oh, ich bin sicher, wir sind auch bald Profis in *Esstisch oder Arbeitsplatte* und *Kommode oder Sideboard*.«

»Leute, wirklich, nehmt euch ein Zimmer«, kommt es von der Rückbank.

Die Anwesenheit von Davids Bruder habe ich in meiner Euphorie völlig vergessen. Laut schmatzend gebe ich David einen letzten Kuss und lehne mich mit einem wohligen Seufzen in meinem Sitz zurück.

Nach mehr als einer Stunde Wartezeit werden wir endlich auf die Rampe für den Autozug gewunken. Und nach wenigen weiteren Minuten kommt es schließlich in Sicht: das Wattenmeer. Dieses einmalige Weltnaturerbe, dessen Schönheit ich bei seinem ersten Anblick vergangenen Spätsommer nicht so recht erkannt habe. Dass Meer auch ohne Wasser ein ganz besonderer Ort sein kann, habe ich erst an dem Tag verstanden, als mich das Watt – und kurz darauf David – zum ersten Mal geküsst hat. Schweigend sehe ich zu ihm hinüber. Ohne ein Wort nimmt er meine Hand und ich weiß, dass wir in diesem Moment die gleiche Erinnerung teilen. Er haucht einen Kuss auf meinen Handrücken und schenkt mir sein verschmitztes Lächeln, das ich so liebe.

»Ich weiß nicht, wie das Watt dazu steht, aber ich werde dich immer und immer wieder küssen, Prinzessin.«

Die Reihe geht weiter ...

Danksagung

Ein herzliches Dankeschön geht an dich, liebe Leserin, lieber Leser. Dafür, dass du meinem Romandebüt ein Plätzchen in deinem Bücherregal gegeben hast. Ich hoffe sehr, dass ich dir einige schöne Lesestunden bescheren und dich vielleicht für einen Moment aus deinem Alltag entführen konnte auf dieser romantischen Reise nach Sylt.

Obwohl ich weit weg vom Meer aufgewachsen bin, zieht es mich von klein auf ans Wasser. Der Norden Deutschlands ist mir über die Jahre sehr ans Herz gewachsen und in die unvergleichliche Natur der Insel Sylt habe ich mich direkt bei meinem ersten Aufenthalt knallverliebt. Ich hoffe, dass meine Begeisterung für dieses ganz besondere Fleckchen Erde beim Lesen auf dich überspringen konnte.

Tausend Dank auch an meine wunderbaren Testleserinnen Nicole, Silvia und Barbara. Die drei haben mir immer wieder Mut gemacht, mich bestärkt und die Entstehung dieses Romans mit hilfreichen Anmerkungen begleitet.

Ein großes Dankeschön gebührt Kornelia Hoff vom Lektorat Wortfalter, die dafür gesorgt hat, dass meine Charaktere bei Unterhaltungen nicht im Raum schweben, mir aufgezeigt hat, wo die Geschichte nicht rund ist und mich immer wieder daran erinnert hat, alle Sinne sprechen zu lassen.

All dies hat das Manuskript zu dem gemacht, was dir während des Lesens hoffentlich ein Lächeln schenken konnte.

Herzlichst
Malu

Malu Mertins

D ie Autorin romantischer Komödien liebt das Meer, ihre Wahlheimat München und gute Geschichten — von denen sie sich seit ihrer Kindheit auch selbst welche ausdenkt. Als ihr während der Corona-Zeit irgendwann die Book-Boyfriends ausgingen, erweckte sie kurzerhand in eigenen Liebesromanen welche zum Leben. Nach den ersten Bänden der Watt-Reihe und einem Ausflug ins herbstliche Vermont, arbeitet Malu Mertins an einer Fortsetzung der Reihe und weiteren humorvollen Liebesgeschichten, die an Lieblingsorten der Autorin spielen.

Dir hat das Buch gefallen?

Falls du eine gute Zeit mit meiner romantischen Komödie hattest, freue ich mich sehr, wenn du auch andere davon wissen lässt. Hinterlasse mir eine Bewertung auf einer Plattform deiner Wahl, verteile Sterne und erzähle gern auch deiner besten Freundin von Wattgeküsst. Ich danke dir dafür!

Es ist nicht nur sehr schön, Meinungen zu meinem Buch zu lesen. Außerdem hilft es mir auch dabei, weitere Geschichten zu schreiben und neue Leser für meine Bücher zu finden.

Wenn du vor der Liebe flüchtest und mitten hineinstürmst.

Taschenbuch, 354 Seiten
ISBN: 978-3947738922

www.kampenwand-verlag.de

Ein Liebesroman über Mut, Liebe und das Leben am Meer

Taschenbuch, 266 Seiten
ISBN: 978-3947738878

www.kampenwand-verlag.de